大
方
sight

自杀式疗愈

A CURE FOR SUICIDE
by JESSE BALL

[美] 杰西·鲍尔 著
沈慧 译

中信出版集团 | 北京

图书在版编目（CIP）数据

自杀式疗愈 /（美）杰西·鲍尔著；沈慧译. -- 北京：中信出版社，2019.6

书名原文：A Cure for Suicide

ISBN 978-7-5217-0428-0

I. ①自… II. ①杰… ②沈… III. ①长篇小说—美国—现代 IV. ① I712.45

中国版本图书馆 CIP 数据核字（2019）第 074351 号

自杀式疗愈

著　　者：［美］杰西·鲍尔
译　　者：沈　慧
出版发行：中信出版集团股份有限公司
（北京市朝阳区惠新东街甲 4 号富盛大厦 2 座　邮编　100029）
（CITIC Publishing Group）
承 印 者：上海盛通时代印刷有限公司

开　　本：880mm × 1230mm　1/32　　印　　张：8　　字　　数：193 千字
版　　次：2019 年 6 月第 1 版　　印　　次：2019 年 6 月第 1 次印刷
京权图字：01-2019-2348　　广告经营许可证：京朝工商广字第 8087 号
书　　号：ISBN 978-7-5217-0428-0
定　　价：49.00 元

向 TB 致敬，

献给 GGG

村庄处理

检查员小心翼翼、行动迅速地关上了身后的大门。她听着门关上，然后继续前进。右前方，附属于主建筑的房屋在清晨的幽昧中岿然伫立。太阳升起得很慢，她感到太阳正在她身后，以最匪夷所思的姿态为谷仓渲染着色彩。

她沿着小路继续前进。地上的轮迹说明夜间曾有人拖着病床走过。这些正是她所熟知的迹象——她的职业、她的任务正在于此。一种空洞的期待在她心中紧绷起来，在两颊化为微微的不安。一级安宁村。她正置身于一级安宁村里。她沿着小路行走，经过谷仓，来到了一幢高耸的维多利亚风格的房子前，门开着。她走了进去。

房间的装饰简单而有格调。一切都同她曾待过的其他房子、她曾待过的其他村子如出一辙。然而，这是一级安宁村。会有一些不一样的。

起居室里空无一人。客厅里也没。她走上楼。第一间卧室里，没人。楼上的起居室里有架钢琴——但没有人。她轻轻地，尽可能轻轻地走进了第二间卧室，那儿有人。那儿确实有个人。

一个男人仰面躺着，呼吸很轻。他睁着眼睛，直瞪瞪地看着天花板。他的胸膛一起一伏。他的双手轻微颤抖。

她站在那儿看着，巨细靡遗地注意着他的面容。

他没有注意到她。

那么，这就是申请人了。也就是说，这，就是她的任务。她看了他一会儿，看到这第一眼让她觉得满意了，便去了书房，她拿出一张白纸，她把纸放在了书桌上。

她从口袋里拿出前一天收到的信。她打开信。

++

去一级安宁村D4报到，信上的印章会让你获准进入。

根据申请人的体型和对药物的反应，将会对其执行计划3。药物会在你到达的十二小时前摄入。这样你就有二十天半的时间来完成目标1。

基于你最近的工作成果，我们选择了你，并期望你能在接下来的工作中有更加卓越的表现。

根据一级安宁村的《第一房屋守则》，你需要每天撰写日报，这些日报我们将从你存放它们的带锁的书桌里收取。书桌上锁与否表示你是否有意让我们收取。

如同你之前的工作，你和申请人之间无须口头约定。在达到目标1前，申请人将会绝对顺从，甚至近乎无助。

治疗方式由你决定。你过去负责的那些治疗常规，第一房屋检查员无须遵守。再处理决定无须等待确认。前往二级安宁村的转移决定将取决于你的书面推荐，在你写下推荐的一小时内即可生效。

祝你成功。

秘书长

伊曼纽尔·W·S·格勒布登

村庄处理

+ +

她在白纸上写道：

+ +

已到达，已见过申请者。

+ +

她将两封信一齐放进了书桌，合上了抽屉。

1

——这是一把椅子，检查员说。一个人可以坐在任何他喜欢的地方。他可以坐在地上，

她跪下，拍了拍地板，

——甚至桌子上，

她拍了拍桌子。

——不过，如果你身边有人，最好还是坐在椅子里，除非你有充分的理由坐在别的地方。坐在椅子里，人可以保持良好的体姿，就是说，让骨骼保持良好的状态。

他疑惑地看着她。

——骨骼，她说，是一种坚硬的物质，像木头一样硬，像制作这把椅子的木头一样。骨头遍布在你的身体里、我的身体里，让我们可以挺直身体，让肌肉可以在其上推拉。那样我们才能动。身体通过肌肉来服从大脑。

——过来，她说。坐到椅子里来。

她示意。

申请人慢慢地走过房间。他挪进椅子里，然后坐下。坐在椅子里他感觉很好。他立刻就明白了为什么房子里到处都是椅子。

——人们可能会坐下的地方，他们都放了椅子。

——的确，她说。如果你需要做出点变化，可以四处搬动椅子。来吧，我们吃饭吧。我们会走到厨房，我们会在那里找到我们要吃的东西。我们还会找到放食物的东西，和用来吃东西的东西。我们不会在那儿吃，我们会去饭厅，或者去封闭式的门廊里吃。我们会喜欢的。拿到食物和家伙们后，我们会决定是要在门廊里吃还是在饭厅里吃。你知道我们会怎么决定吗？

申请人摇了摇头。

——你知道的。仔细想想。想到什么就说什么。

——如果天气好，就在外面……

——那是其中一个理由，一个人可以有许多理由选择坐在外面。那是个好理由。有个做事的好理由，一个如果你必须向别人解释便可以解释给人听的理由，这样总是最好不过的。人不应该活在解释自己的恐惧里——但是理性的人有能力解释，有时候甚至喜欢这么做。

——理性？

——理性的人的生活建立在理解而不是无知之上。

——我无知吗？

——无知与知识量无关，而是与选择行为的机制有关。如果一个人是根据公认的是非对错来选择行为——并且努力扩展对错的领域，关于对错的知识的领域，那么他就是理性的。与此同时，一个知识渊博得多的人在做决定时可能完全不顾事实，那他就是无知的。

——机制，她接着说道，是做事的方式。

他们走进了厨房。墙上挂着一幅画，画里一个女人正在喂鸡吃谷子。谷子从她的手中撒出来，划出一道柔和的弧线。她的脚边，鸡围成一圈，仰头望着她。弧线触及地面的时候，它们就将啄食。

画的旁边是一座山的照片。照片里有个洞。

申请人站在这些挂品前，驻足观看。检查员也走过来，站在他旁边。

——这些有什么不一样吗？她问他。

他想了一会儿。

——这些？

——它们之间有什么不一样吗？我应该说。当我说，这些有什么不一样吗，我分了两个组——它们和它们之外的世界。当我说它们之间，我把它们互相对立了起来。你明白吗？

——这一幅更少见些。他指着女人和鸡。

——更少见？

——如果你要去找它们，到房子外面，他说，不管你什么时候去找，可能都能找到那一幅。可你找不到这一幅。

——为什么找不到？因为这是一幅画？

——画？

——因为它是手工制作的——用刷子画出来的？还是别的原因？

——我不是那个意思，他说。我累了。我可以坐下吗？

——可以，我们吃午饭吧。等下我们可以接着谈。

申请人坐着，看着她。他正坐在她所谓的飘窗上。她把双臂交叠在胸前，坐在一张椅子里。他们所在的房间里，有一架她称为钢琴的东西。钢琴可以制造出嘈杂的噪声，也能制造出柔和的噪声。

检查员是个女孩。申请人不知道这个词，但在他眼中她是这样。他确信他还认识过其他女孩。她柔软的金发落在肩上，骨架小巧纤弱。他觉得他能透过皮肤看到她骨头的位置。他自己的骨头则要大些。

她在帮助他。但他不知道为什么。他想起来他还没有问过她。

——我为什么在这儿？他突然说。

检查员从她的书里抬起头，微微地笑了一下。

——我在等着你问呢。其实，

她看了一眼一只横放在她腿上的小闹钟，

——差不多正是你该问的时候，几乎一分钟也不差。

她笑了——一种浅浅的、独特的笑。

——你在这儿是因为你病得很重。你差点就死了。不过，你意识到自己生病了，于是进行了求助。你请求了帮助，被带到了这儿。我的工作是帮助你好转。随着你日益强健起来，随着你越学越多，我们会渐渐成为好朋友。你要学的可多着呢。

——但是，他问道，我之前是在哪儿呢？

——在一个类似这里的地方，她说。或者在一个很不同的地方，以至于我们在这儿，无法知道那是一个什么样的地方。我说不好。

——为什么我总是睡着？

——你在学习——大量地学习。对你来说量有点太大，所以你的身体罢工了。然后你醒过来，这才能继续。这会持续一阵子。我之前见过。

——你是唯一一个像我一样的人吗？他问道。

——不，不，不。

她暗暗笑起来。

——世界上满是像我们一样的人。很快，你就会见到别的人的，当你准备好的时候。

——我们怎么知道我准备好了？

——我会知道的，她说。

第三天，她把园丁指给他看。园丁在远处修剪灌木。

——那儿，她说。那儿有一个。

他站着看着园丁，看了至少一个小时。然后园丁走了，申请人站在那儿看着修剪过的灌木，和园丁待过的地方。他问检查员园丁可不可能再回到老地方。并不恰好就是那个地方，她说，而是附近的什么地方。那么，这个就是园丁窗口，他说。我可以从这儿观察园丁。这些都是园丁窗口，她说。还有其他人，其他人以外的人。问题在于你能看多远，是否有东西阻挡了视线。她把他带到另一扇窗户旁。从那扇窗户望出去，他可以看到三个在田里的人，在很远的地方。他们跟点差不多大，但他们在动。隔着这样的距离，她说，你分不清他们是男人还是女人。他们甚至也可能是孩子，他说。这么远可能很难看到孩子，她说。但有可能是，他坚持。检查员没有告诉他：一级安宁村里没有孩子。

第五天，她对他讲述了火，并解释了什么是做饭。他发现火异常激动人心，让他兴奋得几乎不能自已。她记录了下来。

第六天，他关碗柜门时夹到了手，哭了。她解释给他听，什么是哭。他说哭的感觉很好。在他看来，几乎跟笑是一样的。她说许多人都这么认为。她说或许这种看法有点道理，尽管听起来未免有点儿过分简单。

她记笔记，记些诸如此类的事情：申请人大概二十九岁，身体健康。黑直发，灰褐色的眼睛，一般高度，左脸颊有一些（儿时？）事故留下的伤疤，左眼下有个伤疤，似乎学得很快，喜欢提问。记忆的恢复速度相对较快。申请人在匹配我们提供给他的数据和他记忆中的数据——一个让人困扰的现象。

第七天早晨，他拒绝起床。她叫他起床。他拒绝了。

——怎么了？

——那天，你说我差点就死了。说我生病了，而且差点就死了。

——你那时生病了，而现在你在慢慢康复。你的力量在慢慢恢复。你很年轻，还有很长的路要走，你会生活在一个充满欢声笑语和深层满足的世界里，但你生过病，你必须重新拾起长途跋涉和排解疑难的能力。

——你说我差点就死了，是什么意思？

——这不是什么大事，只是件小事。世界充满了机体。你是一个机体，一棵树也是一个机体。这些机体拥有生命，他们活着。他们消耗、成长，或者他们并不具备生命，而是组成了其他机体生活和成长的世界。你差点就变成了机体们生活的世界的一部分，而不是自己活着。这没什么可怕的——只是……

——但那就是终结？他说。之后就什么都没有了？

——那是个终结，她说。你记得我们之前说过的话吗，第二天晚上说的？关于睡觉的事？

他点点头。

——那是怎么回事？

——我去睡觉，第二天早上什么都没少。

——死亡也是那样。只不过，你在这世上有了不同的目的，世界对你产生了影响。

——我是怎么死的？

——你没死。你只是差点儿死了。

——怎么差点死的？

——等到你可以做更多比较的时候，我们再谈吧。现在，下床。或许我们该去散个步了，或许我们应该出门。

他起床，她帮他穿衣服。他们为他准备了衣物，就在靠墙的衣柜里，正正好好是他的尺寸。都是些简单、结实的衣物：裤子、衬衫、夹克、帽子。她也穿了件轻便的夹克，头上裹着围巾。他之前从没见过她裹围巾。出去的时候，她说，我经常裹着头。不是一定要这样做，但我喜欢。

他们走进了前门厅，之前他不太理解这块地方的意义所在，觉得它似乎没什么实际的用处。但现在打开门，他顿时理解了为什么要有这么一块地方：前门厅。他走出门，走下阶梯，挨着她站在街上。他能感觉到四肢的伸展，脖子的伸长。

出门，他想道——真好啊！他曾见过的窗外景色变得更近了。他能看到对面的房子，突然间，那些房子里来了人，灯亮了。不过，街上没有人。他和检查员一起走着，挽着胳膊，走向远方的街道。

这些房子看上去都差不多。他说。

——你知不知道，她问道——你知不知道哪栋是我们的？

他惊恐地转过头去。这些房子都一个样，真的一模一样。他不知道哪栋是他们的。她发现了他的恐惧，捏了捏他的胳膊。我会带你回去的，别担心。我知道哪栋是我们的。

街道蜿蜒着，经过了更多的房子，然后房子消失了，取而代之的是她称为商店的建筑。商店里空无一人，但橱窗里满满当当的，她说这些都是可以出售的东西。他不太明白，但也没问。

他们继续走着，来到了一个小小的湖边。湖边有漂亮的建筑围绕。湖上有座桥，通往一个小岛（她这么叫），岛上有座没有墙的小房子。他们坐在房子里，房子正中间的长凳上有个托盘，托盘上放着个水壶，她从水壶里给他倒了杯水。

他醒来的时候，发现自己在床上，已经回到了家。应该是下午，他揣测着——因为外面亮堂堂的。

——我又睡着了吗？

但她不在房里。他走到过道上。地上铺着地毯，但房子的旧木地板还是在他脚下吱吱呀呀的。他皱了皱眉，尽量放轻脚步。过道边竖着栏杆，栏杆柱上雕着狮子和别的野兽的图案。他跪在栏杆边上，侧耳倾听着。

她在跟什么人说话。他听不清她在说什么。门关了起来，她走上楼来。她看到他跪在那儿的时候笑了。

——你醒了？

——那是谁？

——朋友。他们帮忙把你带了回来。你不会觉得我能一个人把你扛回来吧？

——我能见见他们吗？

——现在还不行，她说。

——其他人呢——别的房子里的人?

——现在还不行，她说。

——你怎么知道什么时候行?

——我会知道的。

她在报告里写道：

++

如我之前所说，对于这位申请者，梦对他的治疗有很大的影响。他的每个睡眠段都受着噩梦的干扰。他仍处于第一阶段，目标1还没达到，所以他几乎不记得这些，但这个情况值得忧虑。如果继续这样下去，我可能需要针对这个问题进行直接处理。他说梦话，咕哝着一个已经去世的人，还说着白天他没有处理过的词汇。我希望不需要对他进行再处理。他的功能性为中度到高度良好，按照现状来看，可以应付得不错，但第二次注射后就会倒退很多了。

++

她靠在椅背上，视线沿着墙壁移动。墙上有个停走的钟、一块放在玻璃盒里的刺绣手帕和一张古地图。地图展示了人类一无所知的时代里的已知世界。这对村庄处理可真是合适。

她写道：

++

我负责的上一个案例里，案主是一个有暴力和愤怒倾向的女人，但现在这位申请人并没有明确表现出类似的挣扎。他的困难似乎完全是情境性的。那样的话，我们的处理有很大的概率能帮助他达到平衡，因为他的心智不存在任何缺陷。

+ +

——园丁在那儿！他在那儿！

她来到申请人坐着的窗前。

——是同一个吗——还是另一个？
——这个戴着……
——眼镜。
——上次那个没戴。
——这是个区分他们的好办法吗？她问道。
——是个办法。
——那如果我也戴上眼镜呢？

她从抽屉里拿出一副眼镜戴上。

——我会变成另一个人吗？

戴着眼镜，她看着的确像变了个人，但他不想这么说，所以他什么都没说。

——通常来说，如果人们的身体特征变了，就认为那是另一个人，那样也没什么问题，检查员说。不过有时候人们是会改变的——机缘巧合或者刻意而为——同一个人可能会看上去不一样。同样的，两个人也可能看起来非常相像。
——或者一模一样，他说。
——你是指什么？
——双胞胎就很像，他们长得一样。

——但就算身体外貌看起来一样，内心世界还是非常不同——他们有不一样的生活经验。他们是不同的人。

——哪怕不能区分他们?

——哪怕那样。

——我认识一个人，我想，是个双胞胎。

她非常严肃地看着他，什么都没说。

——她有个双胞胎手足，但那个双胞胎手足死了。

——你怎么知道的？检查员问。

——我记得。

——但你的记忆不是来自生活，她说，而是来自梦。晚上睡觉的时候，你的大脑会把画面、场景、声音、言语、各种触感——任何感官的信息——编织成梦。人们觉得自己经历了这些事情，当然，他们确实经历了。但梦是虚幻的，是想象造就了梦。

——想象有什么用?

——想象是疏导生活中随机呈现的现象的工具，让我们可以进行推测。

——但我确定我认识她。

——你的确认识她，不过是在梦里。你可能会再梦到她的，在梦的世界里，你确实可能会遇到这样一个人。真实的世界则与之不同。对你来说，真实的世界是这幢房子，是远处的街道，是村子中心的湖，湖中心的凉亭，是我们中午一起、晚上又一起吃的食物。

她静静地坐了一会儿。

——你记得我读给你听的那本书吗？
——那个偷猎者和他的狗的故事？
——没错。你记得那故事听起来有多真实吗？可那不是真的，只是听起来很真实而已。那还只是纸上的文字游戏，半点都比不上你在晚上遭遇到的那种大脑的强力召唤。你以为那是真的，将记忆和睡眠的虚构混淆了起来，那还有什么好奇怪的呢？

他摇了摇头。

她拿下眼镜，将眼镜放回了抽屉里。

——我还是觉得你戴着眼镜看上去很不一样，他说。

她笑了。

——戴上眼镜人们确实会看起来不一样，我想。我想确实是这样。
——你会弹钢琴给我听吗？他问。

她走到钢琴前，打开了琴盖。

——你为我弹钢琴，于是我就知道是你，他说。因为别人不会那么做。
——那么，她说——你觉得一个人的功能和服务等同于他们自身？

她开始弹奏。

他再度望出窗外。窗开着，空气时而流动，时进，时出。或者，流进的时候，它也在流出，因为它不能只流进，那样的话，所有的空气都会进到里面来了。不过，他想，那也不是完全不可能的。毕竟，他就是完全在里面的。

他将手臂伸出窗户，感觉着胳膊触到的空气。

楼下，修剪整齐的院子平平整整的，街道自左向右展开。越过房屋，可以从路面上的白粉印迹认出街道。向山下望去，能见到房屋的屋顶，和远处湖光的闪烁。他在远方连绵的田野里、树木的冠盖里，和田野及树冠的拂动里，感到一种隐隐的能量。仿佛事物的边缘正是那更大的部分可能藏身的地方——他能有更多发现的地方。

但他甚至不需要走出房间就能发现更多——因为此时，检查员的琴声正驱使着他。他静静地坐在窗边，可他能感到自己在动。将什么从人的心灵深处唤起，那真是一种特别的感觉。一个人可以在听音乐的时候旅行，就跟走路旅行一样。

他对自己这样说道。这句话听起来很美。

——一个人可以在听音乐的时候旅行，就跟走路旅行一样。

检查员抬起头。她停止了演奏。

——有些人可以，那是一种内在的机能。
——我不知道……
——你能感受到我在弹琴时你觉得我感受到的那种情绪吗？你能看着

我，想象我的感受吗？有些人可以做到。有些人走得更远，想象自己能感受到无生命物体的感受，或者动物的感受，他们甚至赋予风景或者一幢远处的房屋以感受。做一次那样的共情之旅，你心中深藏着的感觉就会被唤醒。于是你就会有现在这样的感觉。甚至也可能，她继续道，对你希望成为的人产生共情，或者对过去的你，很久之前生活在城市或者小镇中，你可能再也不会见到的你。

——城市？

——我们住在村子里，这个地方……

——都是房子。

——没错。城市也是这样，只是更大。房子层层叠叠的，像山一样直入云霄，只是要陡峭得多。天上到处都是——不管你往哪儿看都是房子。在有些地方，除非你抬起头一直往上看，不然根本看不到天。上百万人——一百的一百倍的一百倍——在街上走来走去，聚成叫作人群的东西，那是很大一群人，他们不需要拥有共同的目的。

申请人大笑了起来。

——别指望我会相信这么个谎话，你以为你随便怎么跟我说都行！

——哦，我向你保证那是真的。永远不要误以为，检查员说，到处都和这里一个样，无论这里是哪儿，无论到处是哪儿。

——有件事我想告诉你，她说。就是命名。许多事物都有名字。你知道的。楼梯底部的柱子叫作端柱。楼梯叫作楼梯。柱子叫作柱子。楼梯的底部叫作底部。这些都是名字。人也可以有名字，而命名是一项特权。在人类的历史上，名字曾是权力的体现。比方说，有时穷人家会有三四个儿子，他们的儿子们只有数字没有名字。大儿子，二儿子，三儿子。有些人的名字就是他们的职业。铁匠，或者磨坊主[1]。事实上，那种命名系统根深蒂固，至今仍有人的名字里带着那些旧时代的职业。

她顿了顿。

——你能想到什么人是像你说的那样的吗？

——那些在户外工作的人。

——你叫他们园丁。如果你那样对他们说话，他们就会明白。所以这很管用——因为这是有效的交流。你对他们说话，而他们明白。现在，我们来想象一个有着不同类型名字的人——一个和他或者她的职业完全无关的名字。你怎么看？

——没有道理，他说。你为什么会有这样的名字呢？没有理由你叫这个名字而不是另一个名字。

——确实。你会怎么叫我？

——我会叫你，检查员。

——没错，为什么我是检查员呢？

——因为你的工作就是检查人和东西，帮助他们找到平衡。

——那是我告诉你的，而且我还通过行动证明了那是真的。所以，对

1 即 Blacksmith 和 Miller。——译者注，下同

你来说，检查员是一个适合我的名字。然而，那并不是我的名字。那是我的工作的名字。世上有许多的检查员，但只有一个人有着我独有的细胞，站在我所在的此时此地。那个人就是我，所以我有一个名字，以此来区分我和那些与我相仿的人。

——可是，如果你是你的境遇中唯一的存在，你为什么还需要一个名字？你的境遇本身不是应该就能作为那个名字吗？如果那是专属于你的？

检查员笑了。

——很好，很好。但并不一定是这样，因为不是所有人都掌握了充分的信息。所以，如果有一天他们看到我在湖边，一周以后，又看见我在旷野，他们或许就不知道我就是那个人，除非我告诉了他们我的名字。如果我告诉了他们，他们就能同我说话，用我的名字叫我，这样就证实了那就是我。

——但如果有同名同姓的两个你呢？

——那是个问题。的确——有这个可能。无论如何，我有一个名字。那个园丁有一个名字。每个人都有一个名字。每个人，除了你。

——我为什么没有名字？

——你没有名字是因为你正在重新来过。你正在从头开始。你可以犯错，也可以失败。你不需要一个真正的名字来做这些，一个会从此跟随着你的名字。我们给了你自由，你可以犯所有想象得到的错误，再把它们忘得一干二净。所以，你暂时只有一个临时的名字。在你生活在这第一个村子期间，你会有一个名字。你在这里的名字是安德斯。

——安德斯。安德斯。

他轻轻地对自己念道。

——你能不能再说一遍?

——安德斯。她说。

——安德斯。安德斯。我该怎么称呼你?

——你可以叫我特雷莎。那也不是我真正的名字。那只是这个围着你转的检查员的名字。特雷莎和安德斯。名字总是如此运作，虽然人们不这么认为。名字只存在于彼此之中。

——对那个园丁来说我并不是安德斯，此刻不是，刚才也不是。

——你不是。你也不知道他的名字，或许永远都不会知道。

——我的名字有什么来历吗？安德斯有什么含义?

她想了一会儿。

——我想那是一个斯堪的纳维亚起源的名字，或者也可能是德国。我就说说我在将你命名为安德斯的那一刻我对这个名字的感觉吧。那个感觉差不多就是我用到安德斯时想要表达的意思。

她站了起来，走向窗边。

——我小的时候，有个女孩子和我住在同一条街上。她的名字是玛蒂尔达·科洛内。她长得很美，总是穿得漂漂亮亮。学校里每个人都羡慕她，而她是个盲人。那怎么可能？当然啦，稳重、智慧的成年人羡慕一个恰好非常特别的盲人，这谈不上愚蠢。可是孩子们就——在他们的年纪，世界还那么明亮，那么值得观看……你可以想象那有多么让人讶异吧。

他点了点头。

——她很优雅，很安静。她功课很好。教室里，她的座位就在窗边，微风会抚弄着她的头发，或是她戴着的围巾，而我们所有人都会看着她，看着她，看着她。玛蒂尔达·科洛内，我们会轻轻地呼唤她的名字。老师们也爱她，所有人都想和她交朋友。但是，她并不需要朋友，也一个都不想要。她拥有许多的东西，其中最棒的就是她有一个哥哥，他的名字叫安德斯，他坐在她的身边上课。他走在她的身边去上学，他为她送午餐。他拿起她的外套，高高地举起，然后她穿上。他非常聪明，比班上所有人都聪明，或许除了玛蒂尔达，但很难说，因为他们永远不会彼此争斗。上那所学校的都是那一带最聪明的孩子。我们都那么爱她，爱到几乎落泪。

——她发生了什么？

——那是过去的事了。她的父亲开枪自杀，她和安德斯被分别送到了不同的寄养家庭。几年后她就去世了，因为肺炎。

——安德斯，他对自己说道。

——是的，她说。它的含义是：值得信赖、超出所有预期的绝妙陪伴。

——但你没有将自己命名为玛蒂尔达。

检查员笑了。她半转过身体，她的裙子轻轻地飘扬了起来。她向着门口走去，然后回过头来，说：

——品味问题。我那么地尊重玛蒂尔达和安德斯，所以并不想取代他们。我只是在借用他们的故事。每个人谈起玛蒂尔达生活的不幸，都会自然而然地肃穆起来。我会有目的地使用她的名字吗？或许会。我会将一个孩子命名为玛蒂尔达吗？肯定会。不过，这样一个名字并不适合用来装扮。我会弃用这个名字，正如你会弃用安德斯，所以最好还是挑个没那么严肃的名字。

她站在门口，申请人看着她的背影。木质门框上雕刻着田园风光——丰收、播种和雪景。她几乎像是跪在门框的下面和门框之间，虽然她站着。

——特雷莎，他说。我想要更多地了解你的生活。

——那是我为你提供的帮助的一部分，她说。有一天你会听到不想再听!

每一晚，检查员都会对申请人说些诸如此类的话（不是这些话，而是诸如此类的话）：

我们明天一大早就会醒过来。我会醒得很早，你也醒得很早。之所以会这样是因为我已经打定了主意，我会过来，负责把你叫醒。然后，我穿好衣服，你也穿好衣服，我们会下楼去厨房。我们会在厨房里吃个早餐，一起欣赏晨光。我们会聊聊房间里的家具陈设。我们会聊聊绘画和照片，那些我们每个早上都聊的东西。对此你有些看法要说，而我会听。我对你的看法也会有一些看法想说。如此一来，我们就将交谈。早餐后，我们会洗干净我们用过的碗盘，我们会将这些碗盘放好。我们会在我们清理过的厨房里站上一会儿，看着井井有条的一切，我们心中会涌起淡淡的愉悦。对我们人类而言，建立和维护小型的系统是经久不衰的满足感的来源。

就是这样，她会继续说道，我们要往湖边散个步，或许这一次我们还会沿着湖边走到后面的小树林里。我们会在那里找到我们喜欢的树木。你记得那些树吗？我喜欢的是溪边那株细细的桦树，而你更喜欢那棵大枫树，树根把路都挡住了，你记得吗？你第一次见到那棵树，就朝它跑了过去，你记得吗？我们明天该去那儿，该在那个宁静的地方，和那些树坐在一块儿，想待多久就待多久。这些完了后，我们就该回家了，走得很快或者很慢，我们应该……

她将如此过完这一天，如此赋予他一种有所期待又无所畏惧的感觉。

第十一天，检查员在饭厅的桌子上放了一页纸。她让申请人坐在她对面。她手里也有一件纸制的厚东西。

——这，她说，是本书，是我们编纂和保存人类知识的办法之一。当知识不能保存在一个人的脑袋里的时候，这样就能防止知识的遗失。书也是个把信息从一个脑袋挪到另一个脑袋里去的好办法，因为只需要一个人付出时间就能做到，不需要两个人。

她打开书，给他看字母。她把字母写在纸上。

——我想，他说。我想我能做到。
——你可以吗，她说。

他接过笔，在纸上写道：

一个房间和一张桌子和一支笔。我正在写。

他写得毫无瑕疵。检查员深吸了一口气。

——非常好，她说。那就是说我不用教你怎么写字了。真好。我们会这样用到书写：我想让你在早上花些时间，写下你记得的前一晚的梦。

他的脸沮丧起来。

——我知道你做梦，她说。我见过你辗转反侧。有时你甚至还会大喊大叫。我们来处理一下这些梦吧，或许可以让你安睡。

——我会试试的。

——有人在旁边的时候，很难把梦写下来，所以我打算出去待在门廊上，在那儿读会儿书。你写完的时候可以过来找我。

她在桌上放了一本笔记本。

——你可以把梦写在这本本子里，好过写在零散的纸页上。

——关于写，你有什么要问的吗？

——为什么我记得怎么写字——但你却要教我怎么系上衬衫的纽扣？

——时间在一点一点过去，她说。你正在渐渐恢复正常。或许还会有别的好事情、别的有帮助的事情出现的。

——写和思考一样吗？他问。或许正是因为那样我才没有忘记怎么写。

——写和思考不一样，虽然可以说非常相似。我们会看看你写得怎么样，我很想知道。有人把书写追溯到好几千年前粮仓的起源。在那之前，人们以打猎为生，但当他们开始耕种土地时，食物的量充足到一天之内根本吃不完。有什么办法呢？只能把剩下的食物放到一个地方保存起来。然后突然有人觉得有必要写下有多少粮食被储存了起来。书写就是从那时开始的——据说差不多是这样。另外，她吐露道，随着粮仓的出现，人们开始养猫。猫来到粮仓里抓老鼠，然后就在那儿安了家。这么说起来，猫和书写，或许有着那么点共同点？我开玩笑，她说。

检查员离开了房间。她的脚步声穿过大厅，在门前停留，而后又在门廊上响起。

第十五天，她坐在书桌前写报告。门开着，她能听到申请人的呼吸声。她的前方有扇窗，望出窗外，她可以看到云和围绕着云的天空，更远处还有一丁点的月亮。也或许根本就没有月亮。

+ +

申请人的记忆正在不断入侵，速度之快令人担忧。起因显然是他对梦的回忆。我选择了一个重新整合的疗程，明天就开始。他的书写能力已经完全恢复，他写作的笔调非常冷静。

他记录的梦的一个小片段：

— —

我看到一张女人的脸，她躺在床上。有时候我离得她很近，她的脸占据了我全部的视线，仿佛她正俯身对着我，但其实是我俯身对着她。有时候我又觉得我离得很远，我可以看到床、房间，以及她——他们都小得跟桌上的摆设似的，而且跟桌上的摆设一样一动不动。我肯定她已经死了。

我看到她的时候，觉得她的四周充满了画面，而且，虽然我能看到她，却看不到模糊了她面容的那些画面。不知道为什么，我觉得那些画面是我们一起度过的快乐时光——我们曾经非常开心，我们认识彼此。我觉得我触摸不到这些东西，她把它们永远地带进了坟墓，我永远没法恢复对它们的记忆。

然后我在黑暗中飞奔过一条长长的隧道，周围都是星星，最后我意识到我只不过是水——我只是一个池塘的水面。我泛起了涟漪，当我泛起涟漪，我便起航穿过黑暗，直到涟漪平息，我的视力恢复。当我的视力恢复，我看到的是头上的天空，布满了星星点点的光。

今天早上醒来前，我正坐在一个车站里，在那里巨大的机器运送着人们。我在等人，我拿着一只纸袋，里面都是礼物。我穿了一件长大衣——天很冷——戴着帽子和手套。我旁边的凳子上，一个小孩子在哭，要不就是在擤鼻子。我觉得有人要来见我。无一例外地，这个人总是从背后出现，大声喊着我，那是个男人。我看到了他，却认不出他，然后他就走了，不是像生活中那样走，而是倒退着原路返回，轻轻地飘了回去，火车也都是这样离站的，甚至那个孩子也不见了，只剩下长凳和一块手帕，我才是在哭的那个人。

— —

令人忧虑，至少可以说。

他的康复过程有点奇特。我们已经遭遇了困境，他开始坚持他记得这个女人，他不断地要求我解释他梦中的那些细节——他可以借此更多地了解他过去的生活。我还是倾向于保持透明度，只要可能。但此处或许不太可能。

+ +

一天下午，检查员让申请人坐在饭厅的桌旁。

——你还记不记得，她说，上个礼拜我跟你说起书写时是怎么说的，我是怎么向你解释和展示什么是书写，我们是怎么练习思考书写和想象书写，怎么用书写来记录梦境的？

申请人有些疑惑地看着她。

——你记不记得我是如何向你讲述我的梦，怎么把这些梦写下来给你看的？我还告诉你，如果你想的话，你自己也可以梦到这些？于是你一直在尝试，整整试了一个星期？

她在桌上放了几页纸——是她的笔迹，是那些她为他写出来的梦。

——我想，申请人说，我想我记得。我记不太住。我觉得我好像一直在做梦。

——你一直在做梦，检查员说，你一直在，而且，安德斯，你一直在做那些我告诉你的梦！你做得很好。现在是该让你第一次尝试写写你自己了。

她拿出一支笔和一本皮面的笔记本，放在他跟前。

——请把我跟你分享的那些梦写在这里——那些你经过努力也做到的梦。把从那些梦衍生开来的内容也写下来——那些也很重要。

申请人拿起笔，低头看着笔记本。他抬起头看看她，又低下了头。

——你需要帮助吗？她问道。

——我只是，他说，我记不起……

——记不起……

——记不起什么是什么。

——好吧，我们为你讲述的第一个梦，第一个你要做的我的梦——只是因为你回忆不起自己的梦——这第一个梦是关于一个叫火车站的地方的。

——火车站？

——那里有依靠轮子滚动前进的大型机器，好比装着轮子、沿着金属轨道行驶的大轮船，载着人们来来往往。

——我记得，他说。我记得这个梦。

——你瞧，她说，你做到了——我们决定你应该做这个梦，于是你做了。

——我坐在一条长凳上，他说。我在等人。

——这个梦，她说，我小时候经常做。你瞧，我曾经在寄宿学校待过，所以我会在大车站等我的爸爸妈妈。那里永远感觉像是冬天，而我总是穿着大衣，总是在打喷嚏。我感冒了，我想。

——没错，他说，在梦里，我也感冒了！

——有时候是我，有时候是坐在我边上的一个小孩子。

——你还记得我们研究过的其他梦吗？

——不记得了，申请人说。我似乎没法记起来。

——有这么个梦，一个阴暗费解的梦。是关于我母亲的。我跟你说起过她。我十七岁的时候，她发了一场高烧，然后就去世了。那时她还很年轻。那个梦只有一个画面，她一个人，闭着眼睛躺在床上。可是她的周围飘舞着我们整个家庭生活的画面，那个随着她的死一起消失的世界。你没有印象，检查员生气地说道，你一点印象都没有吗？这是我们的第一个成果——星期二那天。你准确地做出了这个梦——只不过在你的梦里是一个年轻的女人，而不是一位母亲，你还设法营造出了一种渴望和悲伤的感觉。

他们静静地坐在房间里。

申请人看上去似乎就快哭了。

——我不太记得了，他自言自语道。

——那种渴望和悲伤的感觉，检查员继续说道，非常重要。那是让生活达到平衡的要素，给予了事物应有的价值。如果一个人曾被爱过，并且已经死了，我们想要在有生之年继续和他们待在一起，但又不能让对他们的怀念毁掉任何新的事物。所以，我们必须在回忆中留给他们一片空间，不失庄严、肃穆，又让我们感到自然的愉悦。那正是我们试着通过这个梦来进行的练习。我们在为你创造一个情境，让你可以在其中努力。我想让你设想一些你可能和这个年轻女人经历过的往事，并能轻松地回忆这些往事。她，毕竟，不是真实的。正因为她不是真实的，你可以发挥一点创造力。你可以想象你们曾有过美好的回忆，而她已经死了，这是个悲剧，诸如此类的事情是你难以承受的，然而——因为那是假想出来的，你可以将之作为一个实验。在你想象出来的所有这些美好的往事中——所有你们一起经历的美好往事中，你可以是坚强、快乐的。你还可以想象一个人可以如何利用这样一个过程来度过难以克服的悲伤，快乐地生活下去。

——我想起来了，他说。我现在想起来了，我们曾经聊过这个。我想是的。我记得我常常想着她，我还记得，我记得……

——现在，检查员说，我们来想想另一个我提供给你的梦。你记得你在古董店工作的那个梦吗——你总是忘记锁门那个。你出门的时候总是忘记锁门？

——是的，我记得那个。

——好的，你记不记得我真的在古董店工作过，而且我总是忘记锁门？你记得发生了什么吗？

——你被解雇了？你失去了工作？

——不，不是那样的。我只是半夜回去，锁上了门。谁都没发现——直到我亲口告诉你。

申请人靠到椅背上，深深地吸了口气。

——你想让我试着把它写下来？

——我知道你可以的，检查员说。即便你以前没有写过，或者你很久之前写过，但已经忘了怎么写，我还是确信你可以做到。

申请人伏着案，开始书写。

他写道：

++

我在一个火车站。我穿着件大衣，因为是冬天。到处都是鸟，我在哭。

++

——非常好，检查员说。非常好！你瞧，你能写！而且你的字迹非常干净、工整。我准备到门廊上去，好让你能安安静静地写。写完了就出来吧。

申请人坐着书写，书写让他感觉很好。他觉得他能清晰地看到那些事物，他梦到过的事物，书写让它们变得更加实在。检查员对他真好。他试着把那个年轻女人的脸想象成她的脸。他试着想象她正望出火车的窗外。他写啊写啊，当他走到门廊上给她看他写的东西，检查员微笑起来，她碰了碰他的手臂，而他在她旁边坐下。晚上下了一场暴风雨，篱笆倒了一段。他说，篱笆倒了，而她说，如果篱笆倒了一段，那就不再是篱笆了。然后她说她很抱歉，她是在开玩笑。于是他就把它当成了一个玩笑，然后他们一起坐着迎接了黄昏。

——当检查员是什么感觉?

——一开始很困难。必须得很小心，总是害怕说错话。一开始是和没有生病的人，那些不是康复中的人一起工作。除了跟你合作的那些人都是演员，其他没什么两样。

——演员?

——饰演角色的人，他们总是假装自己是别人。另外还有人在观察和追踪整个过程，他们会根据你的表现给你评级，如果你做得够好，你就可能得到检查员的工作。当然啦，那个阶段只能成为D级检查员。

——D级?

——有好几个等级——D、C、B、A和G。每个等级有不同级别的责任和自主权。

——特雷莎，你现在是什么等级?

——检查员不该谈这些的。

——噢，告诉我吧!

——A级检查员。

——那真是棒极了!

他两只手一起晃着她的胳膊。

——我真为你高兴，他说。你干得真不错。

检查员吃了一惊。她的脸上闪过一个开心的笑。

——噢，那没什么，她说。我只是在完成我的工作，尽可能地尽到责任。

——但还是很棒，他说。还是很棒。想想看吧——我，有个A级检查员在帮助我！真的是好极了。

——安德斯，她说。每个人一开始都会有一个A级检查员帮忙——那正是A级检查员的工作。

——但还是很棒，他说。我肯定你和别的检查员不太一样。你不觉得吗？你做事的方式可不有点儿不一样吗？所有的检查员都是女的吗？

——是的，她说。都是女的。

——所有的园丁都是男的？

她笑了。

——不是这样的。他们可以是男的，也可以是女的。也有许多男性和检查员一起工作，只不过——我们发现女性更胜任这项任务。

——我也能成为检查员吗？

——你，检查员？有其他诸如检查员的职业——你可以在这个体制里找到一份那样的工作。确实，有许多以申请人身份来到这里的人，一旦完全康复，便成了我们的一员。这得看你康复得有多顺利。我们还有许多未知的事情，许多还没有答案的问题。我们会看看什么才是最适合你的。

——我觉得我可能会喜欢干这个，他说。有时候我觉得我们有些相似。

——那样感觉很好，她说。那正是我们聊过的感觉——共情。这是人们对其他人的感同身受，是种非常自然的感觉。

——但我认为我们很像，他说。

——我们可能很像，她说。但感觉到我们可能很像——这才是最重要的。

他们又站在了图片前。一幅画的是农事，另一幅是张照片，照片里是座有个洞的山。

——我们站着看这些图片，检查员说，都看了多少次了。

——山洞里有人，我觉得。

——你为什么这么觉得，安德斯?

——因为这儿有条线，这儿，还有这儿。我觉得肯定有人从那儿走过，上了山，一遍又一遍地走，直到走出了一条路。如果真的是那样的话，那么那个人可能在山内，在山洞里，在这幅照片里。我们站在这儿的时候我经常这么想，但我一直没准备好说出来，直到现在。

——你在那儿放了一个人吗?

——你指什么?

——安德斯，你在那儿放了一个人是吗，在那个山洞里? 当你想象那里有个人的时候，你是不是想象到了一个特定的人?

他动了动身子，地板轻轻地咯吱了一下。

——我把你放在了那儿。在那儿的那个人是你。

——没关系的，那没什么问题。

她拍了拍他，以示鼓励。

——你只认识我，当然会把我放在那儿，你还能把别的谁放在那儿呢?

——不是永远都是那样，他说。我也想象过你从那儿走出来。

她眯起了双眼。

——真的吗？

——没有。不过，我可以那么想。

——安德斯，她说。只是你得知道，你不能说有东西在山内。山是固体。如果挖通了一条隧道，或者有个山洞，山洞就替代了山的内部。于是，在山洞里的人是在通往山中的山洞里，而不是在山内。同样地，穿过山的隧道也不在山里面，除非，没错，隧道塌了。于是我们可以说隧道塌了的时候在隧道里的那个人在山里面。

——我越来越不喜欢这一幅了，申请人指着那幅画说。

——为什么呢？

——我觉得这幅画没有反映出事物的真实面貌，恐怕这景象从来就不曾发生过。

——你比较喜欢真实的事物吗？

——我想是的，我想。不，但这幅画不是。

——有很多想象出来的事物也很好，检查员说，而且我知道你还喜欢不少。

——我觉得那可能是假的，画里看不到一点儿希望。

——我觉得看起来挺快活的，检查员轻轻说道。

——可是，啊，嗯……

——你是对的，我得说，检查员说。这是件糟糕的艺术品，因为这是幅冒牌货。画家是在别的地方画了这幅画。我们可以把它拿下来或者扔掉，不过我想，

她歪着脑袋。

——我想我们可以把它继续挂在这儿，看到它我们就会想起这一刻。

干得真棒。

有一天，她和他一起坐在屋外的门廊阶梯上。那是个格外阴沉的日子，云低低地压在他们头顶，几乎没什么阳光。实际上，在这样的天空下，连小镇都变了样子。申请人这样对检查员说道，

——天气能带来多么大的变化呀。你几乎都认不出这条街了。

——那倒提醒了我，她说，有一个练习。在像今天这样的日子，要让你想起事物通常的样子，回忆起那些来，可能有点困难，但我想让你这么做。我想让你闭上眼睛，描述给我听你离开家、进到镇子里时见到的事物。

——首先，申请人说，我关上了大门。我一关上门，就站在了马路上。马路有两个方向，我总是往左走。对面有幢房子，跟我们的房子外观一样。那幢房子的左边也有幢房子，它的对面就是我们家右边的房子。往镇子里走的方向，我们这条街上，每边有十九栋房子。山脚下有个坑，坑里有时候积着水。那是在街道右边。有家商店的橱窗里摆着个棋盘，棋子摆得不是很对，棋盘转了九十度角，皇后没有摆在各自该摆的颜色上。当你……

——暂时就这样吧，检查员轻轻地说道。你做得很好。你看到了很多东西，出乎我的意料。

——然后，申请人说，是一家摆着台缝纫机的商店。缝纫机上总是摆着同一件衣服，好像人们正要缝补，可从没有人来补。衣服始终等待着，等待着被缝补。

又是新的一天，他们沿着马路的另一个方向散步。有史以来第一次，他们选择了右转。他们走了好一会儿，起先马路两边都有房子，然后只剩下一边有房子，再然后，房子消失了——只剩下田野和树林。他们带着野餐的食物，当他们看到一块大石头，恰好合人心意地位于树荫下，便决定坐下吃东西。

——你记得昨晚我对你说了什么吗？记不记得我说，我们今天会练习与人会面？你准备好了吗？

——和真人？

申请人环顾四周，想看看有没有人来，或者有没有迹象表明附近有人，但他什么都没发现。这只是一个美丽的秋日下午，树叶飘落，鸟儿不时从天际和林中穿过。

——这只是练习。我们会进行练习。我们试试？

——好的。

——我会转过那个弯。等我回来的时候，我就变成了另一个人，一个你从没见过的人。我想让你跟我说话，好像你不认识我，好像你跟别人一样，只是第一次见到某人。你可能会想出某个跟我搭话的借口。或者，也可能，我会有个跟你搭话的借口。世界就是这样的。你准备好了吗？

——准备好了。

检查员跳下石头，走开了。他注视着她带着淡淡的优雅在树根和茂草之间穿行。很快她就不见了。一股突如其来的羞怯和恐惧在他心中升起，他镇定下来，鼓足了勇气。

——哎呀，你好。

申请人看着她。她套上了件大衣之类的衣服，还换了顶帽子，她的眼睛化了妆。

他想着，试图回忆起她之前的样子。她之前穿着一样的衣服吗……

她在对他说着什么。他应该要同一个新认识的人讲话的，而她看上去确实像个陌生人。她在说，

——你知道去卡利斯特大道怎么走吗？
——我没去过那儿，他说。

然后他想到他去过那儿。那是湖边上的那条路，不是绕着湖那条，但你会经过那儿，他想。他记得他盯着路标看过，看到了这个名字，没有试着念出来。但当你念出来的时候，就是这么个念法。卡利斯特。他抬起头的时候，那个女人已经走了。

哦，亲爱的。他表现得怎么样？

检查员转过拐角，走了回来，看起来跟一开始一样。

——安德斯，她说。安德斯，安德斯，安德斯。那可根本行不通。

他看着脚边的地板。

——你刚才都把我弄懵了，他说。我真的觉得你不认识我。

——那很难，是不是，检查员说，别人像不认识你似地看着你——而你却觉得他们认识你或者应该认识你……

——我不喜欢那样。我觉得非常……

——孤单?

——是的，孤单。

——或许吧，她说。如果真的是别人的话，对你反倒会更容易些。

——我也这么觉得，他说。

——那边有个人，就在走过去一点的地方。不如你过去跟他说说话吧。

他沿着路走了一会儿。没错了，就在前面，那儿有栋小房子，一个收费站之类的地方，有块放下来拦路的长木板。

走近的时候，他见到一个男人。

——证件，男人说。
——证件？
——我要看，我需要你的证件，男人说。
——我没有，我什么证件也没，安德斯说。

男人往收费站走去，好像要采取什么行动，这时候检查员从后面走了上来。

——没事的，她说，我们是一起的。

收费管理员点点头，坐回了他之前就坐着的长凳上。对他来说，他们似乎突然间从那儿消失了。

检查员伸出胳膊揽着申请人。

——我们回去吧，她说。干得挺好。
——他为什么那样忽略我们？申请人说。
——哦，人们是这样的。他只是回到了那个他在四下无人时栖居着的小世界。在对话中的某些时刻，那样做是完全合理的。你只是需要发现这些时刻在哪儿出现。

她在写报告，呷着一杯雪利酒。之前她在翻阅一本斯特拉文斯基的乐谱，这会儿它正靠在写字桌的背板上，乐谱细细的黑线向外延展，仿佛就要占据整个房间。

+ +

申请人大体的功能大部分都已经恢复了。他可以自己洗澡、穿衣、吃饭、喝水、做饭，管理自己的生物钟，在规律的时间睡觉。但他常常走神，会犯迷糊，还分不清什么是真实什么是虚幻。

整合似乎有了效果。他用我唤起他记忆的方式来向我讲述他的记忆——就是说，以我的记忆的形式植入他梦中的那些记忆。这让他得以拉开一些距离，可以稍微好过点。

噩梦的势头仍然高涨。以下是他最近两个噩梦的记录：

— —

我去过那儿，所有巴士最终到达的地方，不知怎的我最后也到了那儿。巴士司机把车子随意地停放着。那是个大院子，在一片类似洼地的地方，周围都是树，过去可能是个集水坑。那地方很大，到处都是巴士。其中许多都出了故障，或者就从来没正常运营过。这些车甚至都没有轮子。巴士司机抵达后，便一个接一个地下了车，我没有亲眼看到，但我知道，他们都下了车，走向院子后面的一堵墙，他们面对着墙站着，鼻子都快贴上去了。他们有好几百号人。他们睡觉也是这么睡的。我是巴士司机之一。我把我的车开进院子，随便停在了什么地方。我走下车，缓缓地穿过院子，想要多慢就有多慢。当我走到墙那边的时候，那儿有块地方，一个空位，我从容地填了进去。我和那堵墙离得那么地近，甚至能感觉到石头散发出的寒气。我沐浴着那股寒气，感觉自己正慢慢再度入睡。

*

我又开起了车，这次开的是辆轿车，一辆敞篷，在乡下奔驰。车里有人坐在我旁边，但我不能转过头去看她。我们开得快得要命，而且路很弯。我们在路上来回地开，风推着我们，为了能继续前进，我得使出浑身解数。我想转过头看她，但我做不到。我所在的这片乡村，光线在渐渐消失。一切都黯淡下来；太阳看不见了——这还不止，有人正在合上她的眼睛，光线很快就要消失了。就在光线消失的时候，我转过头去看，我看到了她，她在一片混沌中飞快地一闪而过，车子冲出了公路，滚啊滚啊滚啊，我的身体疼痛不堪。

二

昨天，他醒来的时候犯了迷糊；他把我们关于他的梦的谈话忘得一干二净。他告诉我他想回到他之前待的地方。他说出了那个城市的名字，问我认不认识路。我告诉他我的确认识，他应该听我的话，听从我的指示。我带他做了一个呼吸练习，他重新进入了梦乡，一觉睡到了早上。当他第二次醒过来的时候，他什么都不记得……

+ +

她停下了笔。申请人正在隔壁房间醒来。

——我在这儿，她说。

——拉娜，他说。拉娜。

——这儿没有人叫拉娜。

——拉娜。你在哪儿？

申请人从床上坐了起来，一脸苍白。窗户大开着，夜晚的空气占据了整个房间。那空气是如此浓重，在他们身上反反复复地碾过。检查员关上了窗，于是他们再度置身在了房间里。

——我在这儿，她说。

申请人哭泣起来。

——上个星期，我不知道，他说。我不知道。她生病了，她瞒着我。我向你发誓，如果我知道，我会，我会……

——睡吧，检查员说。

她跪在他的床边，让他慢慢躺下。他向她伸出手，抓住她的胳膊，把她拉向自己。她靠着他，躺了一小会儿，他的呼吸起初凌乱，最后逐渐趋于平稳。她挪开他的手起来，走出了房间。

检查员久久地坐在夜色里，思考着。她不想做出这个决定。她会尽可能地拖延。如果他要被再处理……这个念头让她痛苦。她记得她的第一个任务，当时的申请人已经被处理了三次。他几乎说不出话来。她教会他照顾自己，帮助他学会了一项简单的职业技能。

处理并不会削弱大脑功能，它只是移除了一种行动的能力。每经历一次，当事人就越难跟随直觉行事，越难采纳什么想法或者接受什么挑战。那些完全失去或者几乎完全失去这种*冲动性*（诚如人们所言，对该词的一种重用）的人，从事着最基本的工作，成为了安宁村中的实干家。他们正是人们从窗口看到的那些人，从不自找麻烦，或是自说自话地离家，是他们穿着朴素的制服，照看着花园，清扫着街道。他们是安宁村重要的一分子，是重要的一分子，是工具，是机制，也是其成果。

别的人，那些只经过一次处理就得救的人——继续做着他们喜欢做的事。这样的人可以回归正常生活，或是留在这个系统里。有些人，像她告诉过申请人的那样，甚至成为了检查员。他们似乎从不为学习这些方法感到困扰——似乎从未揣测过他们自己的大脑也曾被那些方法改变过。这再正常不过了，检查员想道。在极端情况下，我想，我可能也曾被……

她感到不寒而栗。

这是第十九天。几乎没有时间了。太阳升起的时候，检查员仍然坐在老地方。她睁着眼睛，凝视着墙纸上的某个点。然而是哪个点呢，就连她自己都说不上来。等她听到隔壁有动静的时候，天已经亮了一两个小时。她听到像是一下猛击，轰隆一声，和一声低沉的呻吟。

——安德斯！

卧室里简直天翻地覆。

他肯定是把床架给掀翻了。是他睡着的时候干的吗？梳妆台翻倒在地，床垫跑到了他的身上，几乎折成两半。他在发抖，顶着床垫蜷缩在角落里。她把床垫从他身上拉开。

——安德斯！

申请人奇怪地看着她，仿佛她疯了。

——你在跟谁说话？他说。谁是安德斯？我在哪儿？

他的声音和往常不太一样——他的音调变了。他看着她，好像完全不认识她似的——好像他刚刚才从别的什么地方蹦了出来。

检查员惊恐地看着他。冷静，冷静。

他的手割破了，伤得很厉害，脸上和胸脯上都是血。他抬起头看着她，他的脸湿漉漉的。他在哭，但他很愤怒。

——安德斯！她说，我需要你冷静下来。
——你是谁？你是谁？

他把头埋进手臂里，越发贴近角落，紧紧地闭上了眼睛。

——安德斯！安德斯！

他没有回应。

检查员连忙跑出房间。

2

一束亮光唤醒了他。有什么正在透过窗户照进来，他觉得脸上热烘烘的。他翻了个身，迟缓地环顾四周。他差点就没做到，但最终还是做到了。什么都看不见，他慢慢闭上了眼睛。他蜷缩在被子里，床单一片凌乱。

申请人躺在一张靠墙放着的床上，有人把一张椅子拉到了床边。椅子被拉过来了，上面坐着人。

是一位老妇人。她面带微笑。

申请人眯起眼，挣扎着睁开眼睛看着她。

她把脸凑过来，仿佛要把他的样子刻进她的脑海里。

他闭上眼睛，重重地睡倒回床上。

她将他的身体摆成睡姿，力气大得与她的年纪不太相称，然后便离开了。

情况不错，检查员心想。他看上去年轻力壮，注射过后很快就醒了过来，快得不同寻常——只隔了十八个小时，如果报告可信的话。检查员工作经验丰富，她知道有时候信息并不准确。

实际上，她想，信息的出错往往是故意的。

她泡起茶来，让自己保持忙碌。这一个，她该怎么开始呢？

循规蹈矩？还是另辟蹊径？她最近偏爱原始方法，也就是第一个开创出来的方法，虽然是与众不同的疗法成就了她的事业。这一次，她会坚持使用原始方法。申请人不开口，她就不开口。这差不多算是种测量手段。检查员坚信测量的意义。

她将茶壶摆到桌上，从墙上的架子里取出笔和纸。

++

到达一级安宁村P6。

已接收申请人。他看上去很健康，已经做好了开始治疗的准备。

++

从房子的任何一扇窗户都能看到他们两个，他们坐在一起。他坐在一张椅子里，她坐在另一张里。他们会坐上好几个小时，几乎一动不动。

透过另一扇窗户，则可能会看到他们正在练习技能。老妇人会模仿穿衣服的动作，一遍一遍又一遍地帮助他执行最基本的任务。不管多努力，男人都扣不上衬衫的扣子。他失败了一次又一次。不过，如果他失败了，老妇人的表情就仿佛是在说：这，我们在做的这些，是世上最困难的事，还从没有其他人做过，你是第一个。现在这项任务落到了你的肩上。我们一起试试，让我们再试试。

人们可能会看到他们练习使用楼梯井——一件人们得用双手牢牢抓着、不断交替着放下双腿的东西。人们靠着它来回走动——用它从顶楼下到底楼。

人们可能会看到男人站在浴缸里，而老妇人往他身上灌水，为他反复搓洗，直到把他洗干净了为止。然后没过多久，他也学会了搓洗。又没过多久，他就能自己完成了。

如果人们过几天从底层的窗户看进去，就会看到一番不同的景象。他们两人坐在一张长桌边，来回传递着带有各种图案的积木，展示和分享着装订成厚厚一册的图片。

有时候任务难得够呛——难得实在够呛，于是男人会哭。他会坐到地上，号啕大哭。然后老妇人也会坐到地上，坐在他的身边，等待。

等他哭完了，他们会再试一次。

她的耐心是一切的关键。没有人能比她更耐心了。

这是一幢高耸的维多利亚风格的房子，也就是说，房子造得很漂亮，比例得当。房间的天花板很高，窗户很大，窗洞里嵌着许多格玻璃。地上铺着的长木板横跨过整个房间，很多地板上还铺着精致的地毯。有人踩过地板时，木板会咯吱作响，房子也因此有了一丁点的生气。

楼梯边的墙上挂着照片，每跨出一步都能看到一幅新的照片。上下一回楼梯，就能探寻出一番历史——但是关于什么的历史就很难说了。有许多机器的照片，装着机翼的机器、装着轮子的机器、农业机器。许多人穿着深色服装，面目模糊。有时一幅照片里有很多人，这种情况下，他们通常都面朝一个方向站着。摄影师站在他们面前——这么多人面前，而同时又不引起注意，他是怎么做到的？

楼梯褐色的木质扶栏倾斜向下，手感非常舒服。人们可以一路扶着扶栏下楼，然后就到了底层。一路扶着，从上到下。

楼梯的底部迎向一间狭长的大厅——大厅的那头有扇始终关着的门。门上嵌着各式各样的彩色玻璃。躺在这儿应该还挺舒服的，仰躺在大厅里，沐浴在彩色的光线里。

厅里有两幅画——一幅画着一只长羽鸟，另一幅画着个女人，她的衣着让她看上去像极了一只鸟。她一脸怒容，面色严酷，在门周围的这片空间里填满了她的愤怒。

房子里的许多窗户边都安了座位，座位上摆着坐垫，人们想在那儿坐多久就能坐多久。反正最终，阳光会强得让人什么都看不见，或者天空会阴沉下来。那时就该挪去别处了。

在房子里四处走动着的这个女人已经非常年迈。她总是留意着房子里发生的一切，总是侧耳倾听着。她的存在是一种安慰，因为她会立刻施以援手，或者等上几个小时，直到下一个她应该立刻施以援手的时刻到来。她穿着深色的羊毛长袜，没有穿鞋。她的衣服和墙是同样的颜色。

厨房是房子里空气最畅通的房间，有许多窗户，面向一个种满了植物的花园。花园里的一些产物最终会来到厨房。人们走出厨房时常常是快乐的，走进厨房时也往往带着巨大的快乐。厨房是房子里最好的房间。

房子里有许多地方可以放东西。人们可以把东西从一个地方挪到另一个地方，这些东西最终都会回到它们原来的地方。这有点儿像个游戏。不管试多少次，东西最后都会回到原地。哪怕是挂歪了的画，或者放在小雕像下的头发。

男人会起床，先去楼梯那儿，他会在那儿等着，等到她来，然后他们会一起下楼。或者，再晚一些的时候，他会坐着下楼，一路坐着挪下楼。有段日子他过得很艰难，他没法让他的手脚像老妇人的手脚那样听话。然而每当她想做什么，她就做成了。

终于，他也能像她一样下楼了。实际上，他还能下得比她快。他会下楼，然后老妇人会找到他，他们整天都会有事做，然后就到了睡觉的时间。

只要他没事可做了，老妇人就会找些事给他做。但当他有事做的时候，她从来不在他边上。

男人喜欢他穿的裤子，有一天，他自己一个人穿上了所有衣服，自己一个人下楼，干了件他决定自己一个人干的活，自己吃了饭，直到晚上才见到她。然后他们坐在封闭式的门廊上，她点亮了一支蜡烛，算是一种庆祝。

第七十天，男人说话了。

——我可以吗，水。

检查员静静地坐着，看着申请人。她什么都没说。

——你可以给我水吗?

他吐字清楚。

她用双手拿起水壶，严肃地把水壶交给了他。

——给，她说。
——谢谢，申请人说。

检查员点点头，继续做她刚才在做的事情，好像并没有什么特别的事发生。

两天过去了，她这才开口同他说话，才在他说话的时候回应他，向他肯定他所作所为的意义。

但是，当她开口的时候，她说得思路清晰、字正腔圆。

——我是检查员，她说。我的使命是帮助你，这是我唯一的使命。我住在这幢房子里。这幢房子是你居住的地方。我们一起住在这幢房子里。我们在一起完成一件事情。我们在完成的这件事就是你的康复。你之前病得很重，几乎被疾病彻底击垮，差点儿就死了。但你在生死关头得救了，现在你正在慢慢恢复健康。对你康复的概率，我们有充分的理由保持乐观，我肯定你会好起来的，虽然你不知道未来会怎样，但你可以依靠我。

——哪儿……

他咽了口口水。

——我们在哪儿？

——我们在我们居住的房子里，我们还能在哪儿呢？除了在我们所在的地方，我们还可能在哪儿呢？多傻的问题。

——你是怎么认识我的？

——我是认识你的那个人，唯一的那一个。而你，你也认识我。我们由此创造了一个世界，通过互相了解。不要为了这个担心。我们有我们居住着的这幢房子，在房子里我们做为了活着而需要做的事情。我们做饭、吃饭，我们清洁自己，完成我们的任务。你还有许多任务要学习和完成。

——我感到，我感到非常难过。

——你感到的不是难过。难过是一种失落的感觉。一个人想得到一样东西，但他没有得到——或者一个人希望事情是这样，但事情却不是这样。那才是难过。而你感到的是无依。你还没有对你周围的东西建立起依恋。建立起了依恋，你就会发现你会越来越快乐。

她把他带到一堵墙边。

——我们就从这儿开始吧。你看到了什么?

——两幅，两幅……

——图片。它们叫作图片，但你过去是知道的。你认识很多词，你很快就会记起这些词的。我们来试试——上面那幅叫什么？它是哪种图片?

——一幅画。

——没错。底下这幅呢?

——一幅图片。

——确实是一幅图片，但是什么类型的图片呢?

——一幅照片。

——没错。向我描述一下这些图片吧。

男人盯着图片看了很久。然后，他回到饭厅坐下，把头埋在双手里。老妇人跟着他进了饭厅，在他旁边坐下，一只手扶住他的肩膀。这天剩下的时间，他们几乎没怎么说话，每当他抬起头，她的目光就会迎上去，紧紧追随着他，充满了慰藉和力量。

第二天，她将他带回到那堵墙前。

——向我描述一下这些图片吧，她说。

他看着那些图片，看啊看啊。然后他走进了饭厅。那儿有一本便签簿和一支笔，是老妇人留在那儿的，就放在桌子中间，但她什么都没有嘱咐他。

男人拿起便签簿，开始画画。他画啊画啊，一个小时过去了。他抬起头。他画了一个农民在喂鸡，画得很粗糙。但如果仔细看，人们还是可以看出他画的是什么。

老妇人走了过来。

——非常好，她说，非常好。我觉得……

她走进厨房，然后又回到他身边站着。

——实际上，我确定，我更喜欢你的画。有时候素描比绘画更受青睐。我发现我往往比较偏爱艺术家的素描本。所谓素描本是这样的——

她从墙上扯下一本本子，一本松垮垮的皮面本，里面是线装的空白纸页，侧面挂着细绳，细绳上系着一支铅笔。

——拿着吧，她说。你可以用这本本子尽情地画。

他接过本子，把它夹在腋窝下，然后坐回到椅子里，一脸专注的样子，虽然没有在看什么，看上去却像看着什么。

有一天，申请人开始了书写。他写在画之间的空白处，内容并不复杂。他会写，“这是一幅画”，或者，“这是一幅画的构思”，或者，“狗”，或者，“第三幅这样的画”。每当他在纸上写了或画了什么，他就把纸撕下来，放进一个纸堆。检查员从来不在他醒着的时候读他写的东西，但在晚上，她会仔细查看他的那堆画作，慢条斯理，事无巨细，什么都不会错过。

她从这些画里了解到了许多信息。例如说，他之前曾在一座一级安宁村里待过，对此她一点儿都不惊讶。

我很好奇，她想道，是哪个检查员同事负责他的？

她当然不可能认识所有的检查员。实际上，她只认识其中的很小一部分。如果她听到的消息确凿，村庄处理一直在不断扩张，要不了多久就会变得无处不在了。

她坐在桌边，一页一页地翻看那些画。有一幅画的是一座塔，还有一幅画了一只鸟。这些是照着她给他看的童书里的图片画的，她能在脑中浮现出原作的样子。

但这一幅她以前从没见过。画里画的是一个房间，房间里有一张床，样子几乎像口棺柩。一个女人躺在里面，闭着眼睛，双手交叠。他用笔在女人身上反复划过，企图把她抹掉，但还是可以勉强看出一个女人的形状。

老妇人继续翻看前一天的画。又是一幅——同样的图像，被涂抹掉的女人。又一幅，再一幅，又是一幅。他画了一整个下午。一整个下午他都在画着相同的场景，再将它抹掉。这些画没有文字说明。

她将画精确地放回原处，然后下楼写她的报告。

——有时候我会讲故事给你听，检查员说。故事里可能充满了你不理解的事物，但那不重要。你不一定要理解我说的话，但在别人讲故事的时候，你的表现要合乎人类的礼仪规范，这才是重点。所以，你要得体地倾听，在恰当的时机做出反应，并且享受我在同你讲话这件事本身。如果轮到你讲故事，务必记住一点，只要你带给了听故事的人听故事的愉悦和听故事时与你为伴的快乐，对方是否理解了你就是次要的。我们大部分的谈话都毫无意义，仅仅只是为了交流，为了验证彼此之间小小的情感契约而已。你准备好了吗？

申请人稍等了片刻，等确定她已经讲完了，才缓缓地点了一下头。

——我们会一起散个步，散步的时候我会突然开始讲故事。你能得体地应对吗？

——我们会一起散个步，她重复道。散步的时候我会突然开始讲故事。你能得体地应对吗？

——我年轻的时候，她对申请人说，生活得非常放纵。

在小镇中心的广场，他坐在她的旁边。广场上有个旋转木马，他们靠着拉起木马、马车、跳跃的鱼的杆子，坐在旋转木马的边缘。

——哦，我可以告诉你，她说，一两个那时候的故事。我有一个年纪很大的叔叔，他打过仗。我们有说起过战争吗？人们为了土地或者金钱互相残杀？说过？这就是战争。不管怎么说，那是共和国前的时代，所以还有战争。他说他和他的兵哥们被派去驻守一条公路。也就是说——只要有人从那条路上走过来就格杀勿论。他们有杀人的工具，有枪。然后呢，正巧有个将军要逃出省外。他显然已经没法自由行动，已经被包围了。他们摩拳擦掌地要逮住他。反正吧，他们就坐在十字路口等着，那天天很热，他们觉得有点困，有个人从远处走过来，是个小提琴手，边走边拉着琴。他迎面走到了他们面前，一副叫花子样，还给他们拉了会儿琴。然后他就继续沿着那条路走开了。要命的是——第二天，他们收到了抓捕这位将军的书面命令，上面有他的画像。你猜怎么着？

老妇人一拍大腿。

——那个小提琴手就是那个将军。他换上了几件旧衣服，用上了他已经没人记得的音乐天赋。要命的是——我叔叔和他的兵哥们都惊呆了。他们觉得将军逃跑的消息早晚会传出来，那样的话，他们都要被送上军事法庭。但事情并没有这样发展。
——那是怎么发展的？
——什么是怎么发展的？

——事情——后来怎么样了？

——哦，哈，后来就没有人听到过这位将军的消息了。我是这么认为的，我觉得将军最终发现流浪小提琴手的生活要比将军的生活更幸福些，我觉得他并不想回到将军的生活。

申请人思考了一会儿。

——反正吧，老妇人说，我总是想，总是想，每当我试演一个新角色，或是穿上一件新戏服，即便那只是一个看待事物的新思路，有一些门——当你穿过这些门，它们就在你身后关上了。

广场上，天色正在变黑。申请人喜欢这旋转木马，于是，他和检查员每晚都会去那儿。每天下午太阳落到树丛边的时候，他们就会散步去那儿，他们会坐在那里聊天，一直聊到万家灯火点亮，街灯闪烁摇曳。然后他们会沿着街道往回走，一边往房子里面窥探。有时候他们会看到房子里有人，于是就会聊起这些人，聊起这些人的生活看上去是什么样子。

申请人诧异地发现，每栋房子里从来都只有一个人。他们没有一个人曾走出绕着房子的篱笆，他也从没见过他们说话或者叫唤。检查员说那很正常。有些人，她说，只要偶尔下雨就觉得心满意足了。

他问她，是不是到处都跟这儿一样。这个问题嘛，她回答，这个到处在哪儿呢？他不吱声，然后过了一会儿她说，在许多地方，人们和别人住在一起。诸如那样的地方——那样的地方正是你要去的。

有一天，检查员走进了申请人的房间，申请人正在把灯调暗。

——我可以告诉你明天的安排吗，她问。

——说吧。

——明天我们会醒来。你会醒来，我也会醒来。你会穿好衣服，我也会穿好衣服。我们会在楼下的厨房里集合，谁先到就先把水壶放上炉子，把水给烧起来。我们会坐着，听水烧开的声音，然后泡茶，吃点儿早餐。然后我们会去门廊上，那里会有好事情发生。明天，我们会聊聊名字。

——名字。

——暂时，我只能说那么多，记住：上床睡觉的时候想一想——为什么事物有各自的名字?

——名字，检查员说。名字。这是什么？

——勺子。

——这个呢？

——鞋子。

——我是什么？

——你是检查员。

——那是我的名字吗？

申请人不吱声。

——你的名字是什么？她问道。

——我没有名字。

——你以前有，她说。你生病的时候有过一个名字。但那个名字已经被弃用了——不再用了。现在你会有个新名字，但那不是你真正的名字，只是一个暂用名。你知道为什么你会有一个暂用名吗？因为明天我们会去另一个村子。我们会搬到一个新地方生活，你会在那儿遇到别人。

看到他表情的变化，她放轻了语调。

——哦，没什么好担心的。你有点困扰，你对这栋房子已经有了感情，是吗？

他点点头。

——嗯，如果我告诉你我们认识后，我们已经搬过两次家了呢？如果我告诉你这已经是我们居住的第三个村子了呢——现在我们要搬去第四个？

——第三个？可是……

——第一个村子里只有一栋房子。整个村子就只是一栋孤零零的房子。我们在那儿的时候从没有离开过家。那里叫作一级安宁村，因为那只是一栋房子，从房子里望出去就能一览无余。在第二个村子，我们有次走出过家门。你或许还记得——你摘了一朵雏菊，我对你说你把那朵花弄死了的时候你哭了。然后我们把花放进了厨房的花瓶里，它异常绚烂地绽放了一周后才凋谢。你还记得吗？

他点点头。

——嗯，在那个地方，你记得吗，我们偶尔会从窗口看到一个人。而这儿是怎么样的呢？

——我们会从窗口看到一些人，在院子里也能看到。

——是这样的。你没发现人比之前多了许多吗？

他点点头。

——甚至，有一次，他说，我还跟人说了话。

——没错，她说。你走到一个园丁工作的地方，大声地同他说了话。你还记得后来发生了什么吗？

——他没回话。

——没错，他没回话，他没法回话，因为他再也不想说话了。有了这份工作，他已经别无所求。不过，听我说，在下一个村子里，你主动搭话的那些人会回应你。不过，听我说，她又说了一遍。在下一个村子里我们会这样：你会叫作马丁·鲁格。那是你的名字，但不是你最终的名字。它就像件漂亮的新衣服，如果你觉得不合身，或者穿坏了，我们就会搬去一个新地方，用另一个名字从头再来。我们这是在摸索和学习。我们在学习你会和别人相处得怎么样。你明白了吗?

——马丁，他说。马丁·鲁格。真是个好名字。那么……

——什么?

——你叫什么?

——暂时叫埃玛·莫兰。

——如果有人长得跟我很像，是不是就是说他们的名字可能……

他坐了一会儿，努力组织着思路。

——是不是就是说他们的名字也会跟我的有点儿像?像勺子和刀那样?

——每个人都有一个名字。这样的意义是——会让谈话更方便，尤其是谈到那些不在眼前的东西时。名字并不如人们以为的那样重要，其实没什么重要的。比如说，我们之间大部分时间都不说话，日子也过下去了——不是吗?

申请人点点头。

——不过对你来说，现在有个名字是件非常好的事。因为我们正好要搬去一个新村子，在那儿你会遇见别的人。名字象征着你的进展。

——我怎么才能记住这个名字呢？

——我会替你记着的——如果你想在说话的时候用到它就指指你的耳朵。

3

检查员和申请人一起坐在房间里。房间很大，有点市政厅的派头。一些桌子上摆着食物，一支乐队正在房间的一头演奏，几对舞伴正在跳舞。申请人的一边坐着一个大块头男人，对他扯着嗓子喊了些什么。申请人没有回话。男人的裤子上吊着吊裤带，让申请人产生了一些有关吊裤带的思绪，同时他尽可能地紧靠墙壁坐着。检查员偶尔会敲敲他的椅子，提醒他她的存在。

事实上，此时此刻，正有两个人站在他们面前。一个男人和一个女人正站在那儿。男人和申请人一般年纪，女人则要年轻些。他们长得都很漂亮。男人有着强壮的手臂和腿和充足的发量。女人非常苗条，她的长相蕴含着许多可能性。看着她，人们可以联想到许多的场景。

这两个人已经在那儿站了一会儿。检查员正在同他们说话。

在某个时刻，申请人意识到他们正在聊他。他们提出了许多关于他的问题。对话已经持续了一段时间，而他始终插不上嘴。

那时，老妇人敲了敲他的椅子，于是对话又从头开始。

——你们好，申请人说。

——马丁，年轻女人说道，我想我们之前见过，有一天在市场？你记得我的名字吗？

申请人看着她。

——我叫希尔达，希尔达。

她重复着她的名字，她的舌头蹦出“希尔达”的“达”，听起来有点儿悦耳。

——希尔达，他说。
——没错。这是马丁，我的丈夫。

申请人疑惑地看着马丁。

——可不是吗，马丁说，我们有着一样的名字。不得不说，真是有点儿巧。

他伸出手，握了握申请人的手。这样握手有点儿奇怪，但挺讨人喜欢。男人把手抽回去的时候，马丁又伸出手去握住，继续多握了一会儿。他甩了甩那只手，大家都笑了。

——你瞧，希尔达说，所以我很容易就能记住你的名字。我唯一需要做的就是记住，“马丁”，而且我有两个地方能用到。我可以用在你身上，她指指申请人说，也可以用在你身上，她对着男人微笑。
——但希尔达就太少了，她的丈夫说道。我可不怎么用得到你的名字。
——得了吧，你！她说。

她吻了吻她丈夫的脸颊。

申请人不好意思地望向别处。

然后检查员敲了敲他的椅子，他抬起头。

马丁又重复了一遍他刚刚问过的问题。

——你喜欢钓鱼吗?

——我不知道。

——他不知道他是不是喜欢钓鱼。好吧，好吧。如果你喜欢，或者如果你想知道你是不是喜欢——你可以一起来。我大部分周末都去钓鱼，一大早就出发——在湖上的划艇里钓。随时欢迎你来，尽管放心。朱尼珀路23号，哪天你想去钓鱼，马丁·鲁格，直接过来敲个门，跟我们说一声就行。

申请人感觉他还在看着他们。他正在思考这段对话，以及接下去他应该说什么，可是之后他抬起头，才发现他们已经走了。他们已经走了好一会儿。

——来吧，马丁，检查员说。我们回家吧。

他们肩并肩坐在楼梯上看着楼下。虽然搬了家，房子却是一模一样的。一模一样的照片沿着楼梯挂在左墙上，他闭上眼睛都能看到这些照片。

飞行员拿着他的护目镜，站在一架飞机旁。

一家人和他们半躲在树后的贵宾犬。

看上去像是第一天上学的女孩儿。

被太阳晒枯萎的长草坪，照片的边缘有火烧的痕迹。

他经常想到那一张。

——我们有许多事情要讨论，检查员说。

申请人用脚趾来来回回地蹭着台阶。

——你开始把自己看作马丁了吗？她问道。

——还没有，今天是第一次。

——那感觉奇怪吗，你觉得奇怪吗，那个女人那样对你说话？

——他们结婚了——她和那个男人？

——他们结婚了，还生活在一起。你知道那意味着什么吗？

——意味着他们为彼此而存在，他们互相拥有。意味着人们不应该烦他们，不应该干涉他们？

——不是那样的，虽然那是某些人想要的。那意味着他们宣布，他们两个人都宣布另一半对他们很重要。生活是活的，不是人们制定的各类规则。如果有另一个女人爱上了那个男人，而那个男人也爱她，男人很可能会为了她一走了之，离开那个叫希尔达的女人。对希尔达也是一样。所有的亲密关系都是有条件的，记住这点很重要。为什么呢？为什么记住这点很重要？

——我不知道。

——很重要是因为，如果你期望这样的亲密关系是永恒的，有一天却发现事情并不是这样，你就可能伤害到自己。你明白吗？越现实越安全，这就是我们这儿的看法。

——但如果我和希尔达待在一起……

——她的丈夫可能会不太高兴。他可能会试着阻挠你，也阻挠她那么做。不过，是祸躲不过。不管发生什么你都得保持冷静，要明白——生活中所有可能会发生的事都真的会发生。

他们坐了一会儿。

——给你自己编个故事，检查员说，那样可能会让你自在些，告诉别人你平时怎么消遣，为什么在这儿的故事。你想要一个那样的故事吗？我们要不要准备一个？

申请人点点头。

——好嘞，马丁。那么，那个讲述马丁和埃玛以及他们为什么住在这幢房子里，为什么在镇子里走动的故事是什么样的呢？得是个尽可能简单的解释。你知道那个定律吗？最简单的解释总错不了？

申请人摇摇头。

他们坐了一会儿。

——或许你在研究什么东西，而我是你的助手，他说。

——我在研究什么呢？她问道。

——这些村子，他说。或许你在研究这些村子，或许我是你的帮手。我在一个个地体验这些村子，于是通过研究我，你就研究了村子。

——哈。

检查员笑了。

——你不觉得这跟事实有点太接近了吗？要不说我研究植物，画些花花草草。我们会在家里弄个工作室，在工作室里摆好植物，把它们压干做成标本，我们还会画它们。你喜欢画画，我们可以合作。你可以随身带着你的本子，去别的地方写生植物。我们还可以收集植物。这个故事肯定行得通。

——可是埃玛，你会画植物吗？

她微笑着。

——我们拭目以待。

——现在？

——没问题。

他们下楼走进饭厅。检查员拿出一大张纸，把纸平铺在饭厅的桌子上。她又拿来了些粗细不一的铅笔，并从厨房拿来一小枝百里香。她把百里香放在纸上，坐着看着它。

申请人则看着她。他不禁捏紧了拳头，仿佛正握着她手中的笔。

她朝着桌子俯下身，开始作画。她落笔精确，唰唰几笔就把百里香速写了出来。画到某个当口，她起身走出门外。不一会儿她就回来了，手里拿着一整枝百里香。她在水槽里把植物清洗干净，用布擦干，然后回到饭厅，把百里香放到桌子上。

——现在可以画根了，她说。

她回到她的任务上，时不时换个笔，或者停下削铅笔。申请人惊奇地看着那株植物跃然纸上，异常精致。精致极了！

然后，她完工了。

——你怎么可能画得出来？申请人问道。怎么回事？怎么可能呢？
——你记得是谁建议我画植物的吗，你还是我？

他摇摇头。

——嗯，是我建议的，所以自然是件我可能做得到的事情啦。你现在明白是怎么回事了吗？如果是我做不到的事，我就不会建议了……不是这样吗？

申请人微微一笑。

——而且你会教我。

——当然，她说。这对我们俩都好。

朱尼珀路23号

申请人和检查员走近那幢房子，跟他们住的房子简直一模一样，所以站在那门口他们倒是感觉挺自在的。出人意料——没有的事儿！

门打开了，希尔达站在那儿。她穿着一件黄色的短连衣裙，与春天相得益彰。

——晚上好，她说。请进，请进！

她的目光迎上马丁的目光，在他的眼睛上游移，然后直直地看了进去。他好奇事实是否真的如此，还是一切只是出于他的想象。是我的想象，他断定。是因为我听到的那些话。

他们走进大厅，走过那幅农民画和那幅愤怒的女人的画像。他们去到一间小房间挂外套。他们被领上通往饭厅的走廊，在那张申请人曾度过大把光阴的桌子旁坐下。

——马丁一会儿就回来，希尔达说。他去市场买三文鱼了，做色拉要用。

她往桌上放了一个餐盘，上面放着饮料。

——给，埃玛，你的，马丁。

她走出房间，然后又把头探进来。

——哦，马丁，她说，你能过来帮帮我吗？

他走进厨房。她站着，姿势有点造作，她面对着他，肩膀微倾，睁大了双眼，直直地看着他。看得他几乎想要逃开。

她走到他身边，踮起脚尖向他耳语。

——我得跟你谈谈。

他能感觉到她的身体靠着他的手臂，她裙子上的纽扣挤压着他的皮肤。她站得如此之近。

——我需要，我们能单独见面吗？
——什么时候？
——半夜的时候出来，不是今晚，明晚。我会在街上等着，然后我们找个地方说话。钟敲一点后马上出来。

他该同意吗？

他点点头。

——哎呀，哎呀，哎呀，马丁说。哎呀，哎呀，哎呀。这最终还算是一顿不错的晚餐嘛，我还以为要砸锅了呢，不过广场那儿的那个市场，嘿，还真是每次都能救人一命。你以为那么小的市场里不会有你要的东西——但他们好像故意只卖你要的东西似的。你不要的东西，他们还真没有。你要的东西，他们就有。还真是奇了怪了！为什么别的市场不是那样的呢？

埃玛悄悄地咯咯笑起来。

——他们肯定很熟悉你，她说。可能一看见你走进商店，就特地把东西给你拿出来了。

——如果真是那样，马丁说，我应该付他们双倍的钱。多棒的地方啊。

他朝申请人使了使眼色。申请人回看过去的时候，他用头指了指隔壁房间。

申请人看看四周。没有别的人看见。

——我去洗碗，马丁说。

他站起身，开始收盘子。希尔达也站了起来，但他摇了摇头。

——你做饭，我收拾，我做饭，你收拾。我们的规矩，你懂的。要讲公道嘛。

——我来帮你，申请人说。

——这个忙我接受。

两个男人走进了隔壁房间。

他示意马丁到房间较远的一头去，然后关上了厨房的门。

——你知道希尔达和我是怎么来这儿的吗？
——不知道，你们没提过。
——据我了解，这座村子其实是村庄处理的一部分。难以置信吧，但如假包换，目前看来是这样。不管怎么说吧，要进来这里，你得进行检查，证明你是个正人君子，不会妨碍任何事情。告诉你个秘密。

男人靠了过去。

——希尔达没通过。

申请人震惊地看着他。

——可是……
——没错，她没通过。据说她撒谎，还一贯，他们怎么说的来着，行事鲁莽。
——是什么样的测试？
——一周长的监控。你待在一座房子里，他们看着你，派人来跟你谈话。等过了一段时间，他们对你有了足够的了解，就能做出决定了。
——你通过了吗？
——我当然通过了！我们也已经熟了，你觉得我可能会不通过吗？
——我没那么说，我只是。没准测试很难呢。
——哪儿呀，可容易了。世上最容易的事，管保你立马通过。不过希尔达，嗯，她是个非常古怪的姑娘。来这儿也是她的主意，她想住到这样一座所谓的安定的村子里来。她说这儿的样子平静舒适。我说，什么的样子。她说，所有，一切，这儿什么都要好些。于是，我们来了。

——可是，

申请人沉思了一会儿。

——可是，如果她没通过。

——我花了一大笔钱才让那个负责的人睁一只眼闭一只眼。

申请人转过脸去。他觉得难以置信。他想要立刻回家，但他觉得他会被看穿的。于是他们坐在那儿，一言不发，这样过去了大概十五分钟。

——这些美好的春日啊，马丁说。这样的日子我可以永远过下去，我想我们会一直这样下去的，是吧，朋友？

他在申请人的背上拍了拍。

——我只是在想，如果你没有测试过，那你肯定是在他们开始要求测试前搬过来的，是这样吗？你肯定已经来了一段时间了，肯定对这座小村子了如指掌。

——他们什么时候开始要求测试的？

——我不知道——不过这种事情，总是第一个轮到我头上。就算他们是在我们来的前一周才开始测试的，我也一点都不奇怪。

马丁戴上橡胶手套，打开水龙头，把热水旋钮旋到最大。水涌了出来，热气冲上了天花板。水烫得要命，但马丁毫不畏缩。他把所有的盘子都捅进水里，一点儿都不担心水会溅出来。水把盘子上的残渣冲得干干净净，这一切完了后，马丁紧紧抓起盘子，一个接一个地，用沾了洗洁精的抹布反复擦洗。每洗完一个，他就把盘子递给申请人，让他擦干放好。申请人接过的第一个盘子烫得他几乎没法用手拿，但他还是拿住了，他用一块柔软的白布把盘子擦干，再放到身后的柜子里。柜子里端放着一排又一排完美无瑕的白碟子，完美无瑕的白盘子，完美无瑕的白碗、白杯子、白茶杯。柜子里应有尽有，而且好像一贯如此。每当申请人打开一个这样的抽屉，里面总是千篇一律。他喜欢看着这些成排的干净餐具。哎，他可以……

——马丁·鲁格！你的盘子又来了。不要让我失望哦！

申请人想知道马丁要对他说什么。他想知道他为什么要把他带到厨房来。但一切很快昭然若揭，他只是需要他的陪伴而已——仅此而已。这是个有趣的想法，一个他没法完全理解的想法。

或者说，他并不是不理解，他仔细考虑后认为。而是留了个心眼。检查员总是说，对太简单的事情要留个心眼。人们想要这样的斟酌——人们不应该不斟酌就轻易相信。

洗完盘子后，马丁给申请人看了一把他们带来的专门用来切鱼的刀。刀很薄，申请人觉得有点吓人。

——这是把剔骨刀。我用这把刀切过不少鱼。如果把我用这把刀切过的鱼堆在一块儿，这整个房间都不够放的。是真的放不下，先不说鱼有多滑。就算那些鱼轻易就能叠起来，也还是放不下。如果今天我打算把它们都整齐地切好来做饭，那可要没完没了了。过一个星期——切上整整一个星期的鱼，我也只能切完冰山一角而已。

——你瞧，他继续说道，我以前在鱼市上班。我父亲是个渔民，我所有的叔伯都是。但他们不想让我再做渔民了。

申请人回到饭厅里。

——我受不了吃鱼，希尔达正说着。我就是，我一想到鱼在水里游动，在水面上企盼阳光的样子，就感到一阵心酸。

——哦，那可真是无稽之谈，马丁从申请人背后冒了出来，说道。

两个男人坐了下来。

——第一，马丁说，鱼可不在乎什么太阳不太阳的。我是说，如果我们把你按到水下，你会在乎，可鱼不会。另外——你明明喜欢鱼！你经常吃鱼——我们有差不多一星期没吃鱼的时候你还会嚷着要吃鱼。

——他说得对极了，希尔达说。我只是在说我不喜欢鱼。人们可以那么做，对吗？聊聊某个话题，聊聊自己不喜欢什么。那没什么不对的，不是吗？

——人们什么都可以聊，据我所知，检查员说。我们生活的世界确实如此。

——你喜欢今天的鱼吗，马丁·鲁格？希尔达问申请人。

——我很喜欢。你浇的那个液体……

——柠檬黄油汁，对对，那是我父亲的配方，希尔达说。不过当然啦，也不是要有多聪明才能想到这么个配方，只是黄油配上柠檬而已。

对话如此进行着，一直持续到深夜，既琐碎又严肃。回家的时候，申请人有太多话想对检查员说，最后竟不知从何说起，于是他们一路无言地回家，无言地上床睡觉。

第二天他们忙着采集植物样本、压标本、画画，也没什么闲工夫说别的事。夜幕很快降临。很快，午夜的钟声敲响，很快，一点的钟也敲了。

申请人轻轻下了床。他没在睡下时脱下衣服和裤子，所以只需要溜出房间、溜下楼梯就行。透过半掩的门，他看到检查员在书房里。她背对着他坐在书桌前，像往常一样一直奋笔疾书到深夜。房间里的照明很弱，灯光苦大仇深地照着房间，还得跟街灯照进来的光线一争高下。结果就是：她仿佛木刻人物似地坐在桌边，而且一样地一动不动。就算她注意到了他的动静，她也没有表现出来。

下了楼，出了门，然后他就站在了街上。

——马丁！

希尔达在那儿。她正站在一栋房子的大门口，跟他隔了三座房子。他差点没认出她来。

——我看上去很不一样，是不是？她问道。我能从你的眼神里看出来。你以为你要见的人就跟希尔达一样，你认识的那个希尔达。然后现在是另外一个人站在街上看着你。她大晚上的溜出家门偷偷来见你，你却不知道为什么。现在你连这人是谁都不知道了，但你忍不住不看她。

她走近了几步，走到他面前。

——来吧，往那儿走，那儿有个地方我们可以去。

他们走在街上的时候，申请人感觉很糟——好像每扇窗户后面都有一双眼睛，每双眼睛都看着他，他们全都认识他，都知道他为什么在这儿，知道他想要什么。

但就连他自己都不知道他想要什么。

他们在一幢在建的房子里。她把他带到了小镇的最边缘，那里，在一幢房子的骨架里，她拉过他的手让他坐下。

——我想让你向我证明，她说。我想让你向我证明你不是检查员，你不是这个村庄处理的一部分！我肯定有什么事情不太对。他们对我恶劣极了，我试过好几次逃跑，但他们还是把我关在了这儿。一开始是另外一个男人，然后是个女人。现在我又被迫和马丁住在一起，他根本就不是我丈夫，上周我才第一次见到他！

她把他拉近。

——哦，我知道你不是他们的人。我知道埃玛是你的检查员，我看得出来。我知道你会帮我的。

她告诉他，她曾经在一幢跟她现在住的房子一模一样的房子里醒来，当即她就意识到她必须假装自己正在康复。她说她以前就这么干过，她从一个村子搬到又一个村子。他们专门在晚上转移你，她说，趁你睡着的时候。她说他们以为你一开始什么都不会记得，所以就不断地编故事唬你。她连续一个星期没怎么睡觉，闭着眼睛躺在床上，就是为了看看是怎么回事，她有了惊人的发现。他们专门在晚上来——有人走进家门。他们把所有的东西物归原位。他们把整个房子里的东西都恢复到了原来的样子。还有人跑去书房，打开书桌的锁，把里面的东西拿了出来。

——你知不知道？她说，他们有幅地图，算是本地图集吧，是你整个一生、你来这儿之前的生活的记录，就藏在房子的某个角落里。

他们还会参考它——他们用这本东西来制定控制你的方法。我知道是因为书里是这么说的，书里特别提到了这本地图集。不过不管我怎么在房子里翻箱倒柜都找不到。

她开始哭。

——我千方百计地想要记起我之前的生活，我瞪着墙壁、地毯、云朵，瞪啊瞪啊，拼命地想要记起一些什么，但脑子里还是空空的。他们把我的脑袋掏空了。

他摩挲着她的脊背，这样感觉很好。她的头发非常柔软，他正抚摸着。她说啊说啊，她脸上的肌肤又柔软又光滑。她的双眼炯炯有神，充满渴望，充满需要。她用一种对他来说前所未有的方式看着他的眼睛，他们挪进了彼此的怀里，一开始慢腾腾地，然后又不顾一切，他们在愉悦中震颤着、战栗着。她几乎没法打住话头好有足够的时间来吻他，但后来她打住了。让她碰他，这念头简直让他不堪重负，但当她一碰到他，她触碰以外的一切都变得不堪忍受。对她也是如此。他能从她身上感觉出来，对她也是如此，他们是彼此的镜子，他们的感觉正在来回交流，彼此相通。而她一直在说，一遍又一遍地说——真心对我。要真心对我。

申请人和检查员一起坐在门廊上。她正在告诉他天气的事，天气是怎么回事。他问她为什么季节可以长时间地维持不变。他说这跟她口中的季节截然相反。她哈哈大笑，然后说，我们已经搬了四个村子。你觉得那些村子之间有多近？她曾告诉过他，在他们待过的第一个村子，当时正值冬天。

——这些村子遍布各地。所以，我们喜欢哪个季节，就可以去哪个，过的日子却是一样的。

现在她说起了云，为各种各样的云都起了名字。

与此同时，他想起了希尔达离开时对他说的话：

——来见我，不是明天晚上，也不是后天晚上——而是从今晚算起的第三个晚上。到我家来，马丁会出门。他会出门。别告诉别人！

第二天，他只能竭力表现得跟往常一样。看到检查员的时候，他觉得她会狠狠地把他看穿，所以之前告别希尔达的时候，他当机立断做了一个计划。这是他在新生活中做出的第一个真正意义上的行动。做计划：他以前从没干过。有能力做这样的事情，这意味着什么呢？

前一天晚上回家的时候，他带回来了一些他在路上发现的新植物。他熬夜画下这些植物，比以往任何一次都努力，他成功画出了一幅好画——他的第一幅好作品。

早晨，他给她看了画。

她会以为我很高兴是因为我画出了好画。她会认为我的快乐都来源于此。

他发现自己反反复复地想象着希尔达的样子。他想象着她棕色皮肤的轻柔裸体，想象她正想着他，然后他忧虑起来。难道她不会发现他不值得她了解吗？难道她不会觉得一个人待着比较好吗？他渐渐惊恐起来。他是个失败者。他没什么可说的——而且一事无成、一无所知。检查员不断地指出他犯的错误、他的愚蠢，对他的表扬则仅仅只是出于好意。他有什么能配得上希尔达的呢？

他回忆起在她家的那顿晚餐，想起她看他的样子。他在脑中反反复复地回放着厨房里的情景。他能看到她侧着身子站在他面前。他多想再见到她啊！

检查员已经说完了，她一言不发地坐着，看着他，她的眼睛里空无一物。她只是一具皮囊，是耐心本身。必要的时候，她会再度占据她的身体，而与此同时，她正在附近静观其变。她几乎就是那样。

——埃玛，申请人说。我准备好再试一次了。

——你准备好了，她说。

——准备好了。

——准备好参加聚会？见更多人？你最近不怎么说话啊。

——我觉得我表现得不是很好，我们见那对夫妇的时候。第二次见他们的时候也是。我得再加把劲。

——这跟努力无关，检查员说。而是要在场。你深深地缩在自己的世界里，你得跑出来，跑到边界上，准备好纵身一跃。

——我会这么做的，他说。我会的。

检查员在看报纸，她看到当晚有个植物学会的聚会。

——真是想不到，她说。还有植物学会。

——哦，你肯定早就知道了，申请人口气尖锐地说道。

检查员扬起眉毛，但什么都没说。

植物学会的聚会在一个叫作图书馆的建筑里举行。申请人以前从没去过图书馆，但他认识这个词。那是个保存书的地方，确实，他们到的时候，发现那儿到处都是书。这个植物学会并没有许多植物或者花卉。实际上，他们算是种纸上植物学会，因为大部分时候，他们只是对花卉高谈阔论一番，然后给大家展示书上的花卉图片。这也是聚会在图书馆举办的原因，因为书都在这儿。也有一些书是会员自己的，他们来的时候自己带了书。

植物学会有十九名会员，他们全都在场。他们一个接一个地被介绍给了他，全都报了名字。他跟男人们握手，跟女人们他也握手，只是方式不太一样。他差不多只是迅速地握了握她们的手指尖。那样就算是和女人握过手了。然后他们全都就座，开始聊天。有人准备了咖啡，他们倒在纸杯里喝。植物学会的人很关心他和埃玛。关心，是因为他们觉得他和埃玛跟他们息息相关。镇上有两位植物学家，或者说一位植物学家和一位助手，这既让人雀跃又相当合理。这毕竟是个美好的镇子，怎么就不该有个植物学家了呢？这不就有个植物学会嘛。会上有人提出一项紧急动议，要求埃玛进行有关植物学的演讲，但埃玛暂且拒绝了。我的工作不允许我这么做，她说。

申请人发现他又开始注意不到别人在同他讲话。他发现自己控制不了自己的呼吸，发现他不是沉着脸就是在变换着表情，但他并没有想那么做。这些都是过去就有的老问题了，但现在突然变得对他重要了起来。如果他要为了希尔达让自己变得更好——如果他想成为希尔达会想要见面和了解的人，他就必须解决这些问题。如果她知道他真实的样子，好吧，她已经知道了。可是，如果她确认了他就只能做到这样了，那么……后果真是不堪设想。

于是，申请人努力地投入与人交往，有人跟他说话的时候，他不遗余力地想要即刻注意到，并说些切题的话作为回应。有什么不懂的他就提问，他还尽可能地保持微笑。

走回家的时候，他们会走到一盏路灯下，而检查员会说，

——你在那儿的时候做得多么小心周到啊。

然后他们会走出路灯的光圈，走入黑暗，而她会说，

——而且勇敢无畏！
——多么小心周到……
——而且勇敢无畏！
——多么小心周到……
——而且勇敢无畏！

这有点儿像是跟她开的一个玩笑，因为她曾对他说过，好的学习就是这样。该小心时要小心，该无畏时要无畏。如果始终小心，那只

会一事无成。始终无畏的人则终会翻船。

走到门廊的时候，她转过身对着他。

——你怎么看待说谎？

——我不说谎，他说。你知道的。

——我们说我们是植物学家，这不是在说谎吗？检查员问道。这不算是种谎言吗？

——可是，我们整天都在画植物。

——有没有一些时候，她说，为了大家好——你该说谎？这样的谎言是不好的吗？还是说所有的谎言都应该被发现、被揭穿，而说谎的人应该受到谴责？

——不要回答，她说。思考一下。

然后她对他微笑了一下，一个温暖、柔和的微笑。从他认识她以来，她从没这样笑过。在植物学会里的成功让他有些乱了套，而现在他又被这个微笑俘虏了。他突然觉得他应该向检查员坦承一切，觉得他应该向她说明他和希尔达是怎么碰面，她又是怎么暗中策划某事的，某件他不了解的事。他觉得他应该把一切向检查员和盘托出，她怎么说，他就怎么做。

毕竟，她做的一切都是为了他好。希尔达说的她的那些检查员的事——它们在他身上并没有发生过。

他这么想着的时候，检查员上了楼，他既没有跟上楼，也没有开口说话。

希尔达！

他以为他叫出了声，但他没有。

门在他面前敞开着。朱尼珀路23号，他正站在她的门前。她站在大厅里，穿着工作服，一身做园艺的打扮，橡胶靴、袖子卷到手肘的脏衬衫、短裤和一条厚厚的布腰带。

——我刚在花园里干活。你来早了一个小时！

她跑到门口，拉起他的手，将他拉进了房子。

——进来！进来，快。
——抱歉，他说。
——抱什么歉，傻瓜。关上你后面的门。

她将他拉上楼，他们经过了所有那些照片，踩着咯吱作响的木地板。

——我爱你，他说。

——傻瓜，傻瓜，傻瓜，她轻言细语道。我们不要说这个。如果在这个可怕的地方我只拥有一样东西，而那是你，如果在这个可怕的地方你只拥有一样东西，而那是我，如果这是真的，我们之间就不需要说爱。爱是一种比较。我喜欢他，但我爱另一个人。我们已经跌到了沟底，只有一小团的空气可以呼吸，一小团，等这一小团也耗尽的时候，我们推一把，又出现另一团小小的空气。谁能谈爱呢？这里只有空气而已——或者连空气也没有，如果连空气都没有，那就真的什么都没了。

她就这样说着，说啊说啊，总是在他东拉西扯的时候斥责他。我不知道我已经在这些地方待了多久，实在是不知道，她倾诉道，或许已经待了一辈子。你认识过别人吗，这么久以来，他问她。过了这么久，我直到现在才鼓起勇气，向别人袒露自己。为什么是我。因为，她说，因为——我遇到你的时候你恍惚极了。你仍然在自己的世界里东飘西荡。这是第一次我能确定一个人是个活生生的人，不像其他人一样只是一具空壳。

——有上百个，或许有上千个他们那样的人，她说。上千个村子。村子之外有另一个世界，我敢肯定。至于那个世界和这些村子之间是什么关系，我就说不准了。似乎，好像是那个世界建造了这些村子，最高政府，也就是共和国，可能是为了治好那些生病的人，那些没法忍受那个世界运行方式的人，才设置了村庄处理这个机构。不过政府也可能仅仅只是找到这些村子，一个游离在边缘的独立社会，然后扶持了村庄处理的发展。区别在于，这些村子可能是共和国的一部分、共和国下的一个小团体——或者它们可能独立存在，共和国只是借用它们来治疗自己。如果病人被安置在村子里是村子和共和国之间协议的一部分，那么村子不过就是共和国的仆从。那么那些检查员就是某种官僚，而整个村庄处理就是一个巨大的官僚机构。

——但是，如果村庄处理只是某种对共和国的消极抗议催生出来的地方，那么这些病人可能就是被共和国抛弃在了那儿，而检查员只是接收他们的好心人，检查员接收他们，护理他们直到他们康复。

——就连他们是在哪儿被抛弃的——是不是该被抛弃，都是存疑的。雾剂可能只是村庄处理做的一桩善事，是对共和国制造的恐怖局面的温和回应。或者也可能是共和国用来和某些人脱离干系的方法，而村庄处理学会了怎么应对这种情况——那几乎就像是一种特殊的疾病。

——可什么是雾剂？

——那是一种注射。在上上座房子里，我设法撬开了检查员的书桌，我读了他们放在里面的东西。注射会改变你，会把你深深地塞回到自己的世界里，好让你学会在生活的难题前保护自己。它也有其他影响。它破坏你的记忆，于是你会忘掉大部分你曾经知道的事情。所以他们才什么都得从头开始教你。

——那么，申请人说，我被注射了什么东西，是他们对我干的。他们告诉我我病得很重，告诉我……

——你病得很重，你差点就要死了。你已经到了生死边缘，然后你得救了，而现在你正在慢慢康复。没错，这就是他们说的那套。书里写着呢，白纸黑字地写着好让他们照念。你会问的所有问题都在书里，他们给你的所有答案也都在书里。但是，我们不知道，她说，书里写的是真是假。它可能只是一种有所保留的谎言，或者也可能是全部的真相，检查员就是靠着这么点真相才能工作，同时这里的里里外外却布满了谎言。事实是事情很可能就是这样。会思考的人不可能做出别的结论。

申请人感到他正在穿过一片树林。树木从他身边匆匆而过，像排成一长列的舞者一样奔跑着。它们绕着他起舞、冲撞、奔跑、跳跃。树叶滑过他的脸颊落下，树枝撕扯着他的衣服。他感到自己正在坠落，但这场树木的赛跑却让他永远坠不到底。每当他几乎要掉下去了，他又被击打了上去，一股强劲的风自始至终在远处盘旋着。他哪儿也不打算去——他哪儿也去不了——那是不可能的，无论一个人想去哪儿，他都会被撞离地面，在无尽的困惑中飘浮。

这种感觉在他心中渐渐升起，她注意到了他面目的变化，她放慢了语速。

——亲爱的，她说，亲爱的。没关系，没关系的。我们会找到出路的。我知道我们会的。
——但什么，他说，什么才是出路呢？根本就没有希望。

当他这么说的时候，他真的那样觉得。

但希尔达拉住他、亲吻他，把他拥进怀里，然后最奇怪的事发生了：他突然很确定他并不是在希尔达家的卧室里，而是在另一间卧室里，在一幢相仿的房子里，但是一幢他从没去过的房子。而在希尔达家，他见到另一个年轻女人，一个他这一生中从没见过的人，但他特别尊敬她，她带给他巨大的安慰，但那是谁呢，是谁？他在把她拉向自己，啜泣着，他感到她的身子紧紧地贴着他的身子。他的双手正插在她的头发里，她柔软的金色秀发，而他平静下来，浑身上下，感觉静静的。然后他回来了，又回到这幢房子，回到希尔达身边。她正在离开他的怀抱，她站着。

——过来看，希尔达在说。

他们走进书房，站在书桌边。

——锁就在这儿，她说。可以拿下来，所有的答案都在里面。我只找到了那本书，读了一部分。然后我就被转移了，来了个新的检查员。马丁要警惕得多。他说话像个白痴，但那只是装出来的。他是个怪物。我很怕他，不是因为他会伤害我，而是因为我知道的事情他都知道，而且知道得更多。

——希尔达，你的真名叫什么？

——在上一个地方，我失败的那个地方，是叫凯特。再前一个镇子里是叫莫娜。我已经不再在乎名字了。如果你能告诉我我原来的名字，那，那……

——什么？

——那也只不过是尘土，仅此而已。只是尘土而已。根本不值一提。

他再见到她已经是好几天后。这一次是在湖边的树林里，在黎明时分，他们装作各自出门散步，然后碰巧相遇的样子。那样就没什么关系了，他们想。即便有人看到，这样的事也是情有可原的。

他们坐在树林里，坐在溪边。那儿有一片白桦树。他靠在其中一棵树上，和她聊东聊西。

突然，希尔达和马丁，觉得什么也不说感觉也很好。他们坐着，说着些关于早晨、白天、彼此穿的衣服（几乎一样）的陈词滥调，他们感到很快乐。

他们维持着这样的状态，直到希尔达开始失控抽泣起来。

马丁试着安慰她。当她终于开口的时候，她说，

——我需要我们订个计划。不然，我怕——我怕我们就会一直这样下去，一直住在这儿。我怕什么都不会改变。

——但是，有什么可做的呢？

——我觉得我们可以离开，希尔达说。我觉得离开是可能的。人们的确会来这儿，以前不在这儿的人现在来了这儿。哪怕我们不是非常清楚我们的情况——我相信在这之前我在好几个村子里待过，但也有可能不是这样。我也可能自始至终一直在这儿：尽管如此，那些以前不在这儿的人有一天突然出现在了这儿，这貌似是个事实。那样的话，他们一定是从什么地方过来的，我们可以去那儿，去他们离开的那个地方，甚至去比那更远的地方。我很确定。

马丁点点头。

她开始抚摸他的头发、他的脸，而他在这些盛情之下静静地坐了一会儿。

——我有份礼物给你，她说。

她递给他好几页纸，是从一本书里撕下来的。

——晚点读。先再见了。

申请人坐在树林里，看着那些纸页。它们，它们肯定是——从检查员的书里撕下来的。他在整洁的铅字中发现了一段有关一级安宁村的描写，仿佛写下这些的时候它还不曾存在。他还读到了检查员的角色定义和检查员的行为守则。正读着的时候，这些撕下的纸页就见了底。

如果她真的是从那本书里撕下这些纸来的，那就势必会被他们发现。她为什么要把这些纸交给他呢？他现在会成为她所作所为的同谋吗？

但一个声音在他心中冒了出来，那个声音说道：

如果你觉得她这么做除此之外还有别的理由那你就是个傻瓜：她爱你，她想让你信任她。

他的胸膛里升起一股浓浓的暖意，他的脸颊感到一阵灼热。

他抬起头看了看，周围没有人。

他将纸页放进口袋，往家里走去。

申请人醒过来，看着天花板，还是那同一个灰泥天花板。树叶的形状异常清晰，那是挨着窗户的树枝投下的阴影。他跟随着影子的轨迹，发现了一条从房间这头连到那头的路径。他坐起来，看到了自己的脚。

突然间，他想，突然间，什么都对我显得不够。

似乎有一些充满力量的时刻，在那些时刻他能够理解希尔达对他说的点点滴滴，然后又有一些时刻，他感到这么做并不值得，或是感到不堪重负——要这么做，对他的要求实在太高了。他又想到了检查员说过的方法——你必须听故事，不是为了听懂，而仅仅是为了做个好人。对希尔达来说，他也只需要倾听就足够了吗，还是他也要听懂呢?

她在他身边的时候，他能感到整件事情的不公，他想要帮助她，想要行动。但在这儿，在这栋安逸的房子里，有检查员在身边，有他们的植物学研究要做，可以安宁地享受早餐、散很久的步，他感到一条长长的光正沿着地平线均匀地黯淡下去。他感到明亮的正在失去光彩，崭新的正在逐渐陈旧。他知道这些疾风骤雨般的事情与他毫不相干，他不要引起冲突，也不要披露秘密。

他坐在楼梯的顶部。他好不容易走下楼来，走到桌旁，他开始画画。检查员走进来，在他身旁坐下。她什么也没说，甚至没有看着他，但申请人感觉很好。他在康复，这不是谎言。他生过病，他相当确定。然后他生出一个想法。或许希尔达病了。或许希尔达仍然病着，她欺骗了所有人。或许她是在骗他。

真棒！他把画给搞砸了。

他把画推到一边，又放好一张纸，从头开始画起来。

那天晚上，检查员带他出去散了个步。

他在关门的时候，她问他东西的消亡意味着什么。

——我想问的是，死意味着什么？如果你想知道我为什么问，那是因为，和我们在这儿所做的所有事情一样，这个问题对于你的康复、你的重生直指核心。不知道死为何物的人永远不可能成为一个健康的人。这样的人只会一路跌跌撞撞，一边等待着最后对峙的到来，那时候他们的无知就会暴露出来。到那时候，那个人才会吸取教训，不然就直接崩溃。为了让你不用独自面对这样的对峙，我们现在就要来谈谈。所以，我问你，什么是死？

他关上了大门。

她扬起她苍老的面庞，凝视着他。她的头发向后束起，编成了一条辫子，她穿着一件不合时令的厚大衣。她经常穿得太多，超过了天气的需要。她的虚弱突然之间变得格外醒目。距离死亡，她要比他近得多。检查员有多少岁了？

——你在想我的年纪，她说。当我向你问起死亡的时候，你想到的是我的死。确实合情合理。你的共情能力给了你这样的天赋。你对我的生活和我的死产生了共情，所以你在想，这个老女人，她就快死了，你想象到我的死和我的离世的时候，自己也在一定程度上感同身受。那是种什么感觉？

申请人想到一贯强大的检查员逐渐衰弱的样子，他想到她的衰弱的无足轻重——她应该会死在随便哪个地方。她会躺在地上，世界在她周围旋转，然后呼出她的最后一口气。他接着想到她的衣服，所有按着她的尺寸裁剪的东西，所有经过她的双手塑造的工具，她生活中所有曾符合她喜好的东西都变成了一堆废物——突然之间全都变得失去了用处。他接着想到世界会怎样急不可待地涌入她曾生活过的空间，用别的东西占据它。他几乎要哭了，泪水盈满了他的眼眶。他强烈地感觉到他爱她。她是他的家人，唯一的家人。他爱她。

检查员看到了这些，她拉起他的手。

——跟我一起走走，她说。

他们沿着街道一直走到一条小路前，小路从岩石间穿过，通往山上。沿着小路，他们又来到了山顶的一扇锻铁大门前，一段围栏挡住了去路，检查员打开门，他们走了进去。

随即映入眼帘的是一个绵延起伏的长长的院子，顺着山坡一直延伸到远方的林木线。不知道为什么，申请人居然从没来过这儿。他的视线一次又一次地越过风景，仿佛在寻找什么。他知道这是什么。他相当肯定。

——这些石头标记，检查员说道，叫作墓碑。

——墓碑，申请人重复道。

——已经没有人用这些东西了，但以前很普遍。它们是一种有力的声音，一种让人振聋发聩的声音，所以村庄处理采用了它们。我们在每个村子都重建了这样的墓地。甚至在一级安宁村的远郊也有，只不过你可能没有发现过。

——但那是什么呢？这些石头是干嘛用的？

——我们在里面走一走吧。

于是，他们在墓碑间穿行着，申请人读着碑上的文字，很快他就明白了这些墓碑的用途。检查员什么都没说，只是沉着、淡漠地旁观着，她也没有说她觉得这——这个墓地的理念——是件好事，还是一项我们最好废除的、人类发展的愚蠢产物。

申请人在这些石头间感到一种强烈的渴望，他感到这种渴望在他此时此刻的存在中得到了映照。他被撕扯的这种方式——他在希尔达身上感到的困惑，他对希尔达的困惑，他关于希尔达的困惑，他为检查员和她的死感到的悲伤——他异常清楚地体会到了生而为人究竟是什么感觉，这种感觉又是怎么被封存在这些石头上的。

——这是个错误——我们人类的错误，他说。正是这个错误让活着有了价值。不过它又是完全非理性的。完全没道理。

——你指什么？

——我是说，如果一个人死了，那么那个人就不在了。一块墓碑并不会改变这个事实。即使墓碑让人们有了一个可以靠近死者肉身的地方——那又有什么用呢？只是徒增了哀伤而已。最好继续往前走，什么都不去想。可是，他踢了踢脚下的草。

——可是，如果生活仅此而已，如果生活仅仅是理性的，那么生活就空无一物了——没什么值得过的。所以，我们必须让死者继续活着的渴望——或者说将无理性合理化的渴望，那才是人们应该活着的理由。

——这是个悖论吗？检查员问道。

——我觉得不是。我觉得这个想法在整体上是说得通的，单看一面总是片面的。

检查员笑了。她从口袋里拿出一样东西，一本笔记本，在本子上写了一会儿。

——我早晚会死，她说。有一些在乎我的人，他们或许会感到难过。但我的生活产生了一些影响，即便在我离去之后也会继续产生影响。除此之外我已经别无所求了。

——你喜欢墓地吗？她问道。

——我不知道，他说。

但紧接着，

——很喜欢，我想。

——墓地在过去还有别的功能，检查员说。有钱人会买下巨大的石碑，摆在墓地里彰显他们的权势。另外，盛大葬礼的恢宏气势和巨额开支能对群体产生震慑，还有助于保护戴在某些王朝头上的权力面纱。在父权或者母权社会结构相当稳固的文化中，家庭中一代代的权力传递也有着非同一般的重要性。在这样的时代、这样的地方，诸如婚丧嫁娶这样的事件被赋予了特别的重要性，因为家庭的戏剧性事件已经成了社会的戏剧化事件。

然而，申请人已经不在听了。他们走啊走啊，沿着有人修剪过的绿色草坪，总是无一例外地有个修剪的人——它看上去刚刚才修剪过，或者也就几个小时前吧，一定是这样——他想到他自己的生活与他活着的这一天、他正置身其中的这一天突然协调了起来。

我活着，他想道，现在我有生活的能力了。

他突然感觉自己非常强大。随着力量的增长，他感觉到身体里面一股能量的涌动，一个方向的指引。他想见希尔达，想要学习更多。他想知道有什么能做的，或者是不是应该做点什么。想要向检查员坦白一切的欲望仍然存在着，实际上，甚至还因为对她死亡的洞见而变得更加迫切，但对他来说，这一切要取决于希尔达，取决于她接下去的计划。真是让人焦躁！这扰人的情绪在他心中一涨再涨，然后这墓地的静谧，这夜幕时分的祥和，这悠然的步行带来的安宁将他的双眼弥漫。所有的纷扰都消失了，仿佛从未存在过一般。

或许是检查员的耐心同化了他，或者或许是别的什么，但他感到自己的双腿强劲有力，仿佛一个游泳健将。在墓地绿树的大枝丫下，他什么都不需要做。那儿什么行动都不需要，也不能做。

然而，当回到家，吃完晚饭，他感觉受到了一种轻松氛围的熏染，在其影响下他渐渐变得脆弱起来。他被欲望的能量攫住，沦为了它的猎物。希尔达，希尔达。她的形象再度浮现。

他们约好见面的时间就要到了。他坐着，看着钟。我应该站起来了，他想。我应该走出门。然而，他没有。潮水涌了回来。他似乎又待在了墓地绿树的大枝丫下。他坐在那儿，过了一会儿，检查员端来了茶，他们坐着，玩着牌。等他们打完，她赢了一次、两次、三次的时候，他们便上楼去睡觉。

现在他们的约会毁了。他们有个要见面的计划，但他们没有见到。这事实简单但又令人困惑。如果他想见她，他就已经见到了，但他没有见到。然而现在，申请人突然又陷入了想要见她的欲望。但是，他没有在约定的时间前往。她会怎么想？希尔达没有什么正当的理由来他家，他也没有理由去她家。要怎么补救？

不过，我可以去她家——或许不是去找她说话，而是去和马丁聊聊。如果他对我友好过，我就能去和他聊聊。然后，她也会在那儿，我们就能另做打算。

想到马丁，想到那幢房子，他又开始想——他们生活得如何？他隐隐地感到一种嫉妒。如果他们要扮演夫妻，房子里没有其他人的时候也要继续扮演吗？如果那是他们的伪装，那这伪装无时无刻都不会被撕去吗？他想到她眨眼的样子，想到她眨巴眨巴着眼睛、她靠在他身上的样子，然后他站了起来。在他家的厨房里，他站了起来，好像这就要去看看似的。

可是，当然，这样很蠢。她不是他的——不在那种意义上属于他。如果为了安全起见，她需要扮作某种样子，那自然是要扮的。那只是自然而然的，没有任何道德的成分。

然而，他在前厅里，他告诉检查员他要去散个步，然后他就发现自己站在朱尼珀路上，敲响了某幢房子的门。

——你好呀。

申请人僵住了。这是个他不认识的陌生人。他向后仰了仰，确认了下门上的地址。朱尼珀路23号，如假包换。

——我想找希尔达和马丁。我想他们住在这儿。
——哦，肯定有什么地方搞错了，那个男人说。等一下。
——科琳，他叫道。科琳，快过来。

一个女人走出左边的门，向他们走来。

——怎么了，汤姆？
——这个年轻人，他好像以为这儿住的是别人。两个叫，他们叫什么来着？
——希尔达，申请人说。希尔达和马丁。我很确定。我上星期还来过这儿。

这对夫妇笑了起来。

——完全情有可原，那个男人说道。这些镇子尽让人犯糊涂。我懂，因为我也碰到过一两次。把你耍得团团转。话说回来，我们已经在这儿住了三十五年。
——而且还要继续住下去，女人说。
——而且，如果我们上周不在这儿，我肯定不会不知道。因为上周我们办了个烧烤会。说实在的，如果我们那时候就认识你了，你也可以来的。你叫什么名字？

——马丁。

——跟那个你要找的人一样？呵，这可不真是奇事一桩嘛。你是在找你自己的房子吗？

他朝女人笑笑。

——如果是那样的话，这招还挺聪明。你找不到自己家，于是挨家挨户地问。希尔达是你老婆吗？

——不，不是的！我真的是在找他们。可是，好像……

申请人按捺住了想要越过他们跑进屋里看看的欲望。

——抱歉，我……

——哦，没关系，一点关系都没有。很高兴终于认识了你。马丁，诶，我叫汤姆，汤姆·贝德福德。后面房间里那个是科琳。她最近不太爱社交，抱歉。不过，我想告诉你，我们的女儿就要来看我们了。她跟你差不多大，我觉得。或许你愿意见见她。我们会送张请柬到你家。你觉得怎么样？

他借故告辞，往家里走去。他们肯定在晚上转移了她，那些人肯定是当天才搬进去的，他想道。怎么可能发生得这么快？除非他弄错了日子，有时候他的确会弄错……

但他们为什么要把她带走呢？马丁一定发现了什么。还是说，会不会——会不会是他出卖了她？会是那样吗？

他在半夜醒了过来。起先他以为房间里还有别人，但什么人都没有——只有印着面目可憎的影子的家具而已。周围鸦雀无声，万籁俱寂。他屏住呼吸，倾听着。寂静，寂静，寂静，一声轻击。又一阵寂静，又是窗户上的一声轻击。他探出头去。外面肯定有人。他的视线扫过院子，缓慢地从这头扫到那头。

那儿！她在那儿——是希尔达，她正扔着土块。她看到他待在窗口了。她正在院子里猫着腰等待着。他从上面看下去——街道，篱笆，院子，门廊，希尔达。希尔达！

轻一点，轻一点，他叮嘱自己。他轻轻地下了床，走下楼梯。走出后门，走进了院子。

希尔达飞快地跑向他。

——我去了你家，他说，有……

她也同时开口说道，

——他们带走了我，他们带走了我，亲爱的。哦。我等你等了好久好久，你没来，然后我就回家了，马丁在家里，他很生气——他生气极了……

——带走了你？谁？

——我醒过来的时候好像是在什么货车的后车厢里。他们把我连床一起搬走了。我躺在床上，车子不知道为什么停了下来。我跳下后车厢藏了起来，货车开走了，但我不在车里。

他们看着彼此。希尔达甚至穿得有些不成体统——只穿了一件睡衣。一定错不了——他们肯定是趁她睡觉的时候把她带走的。

——他们会来找你的，司机开到目的地的时候。这是什么时候的事？

——昨天晚上。我走了一整天，然后躲起来等着来这儿。瞧瞧我的脚。

她因为赤脚走路，脚上割开了一道道口子，一只脚上还裹着块布。一定错不了的。

——你怎么找到路的？他问道。

——你指什么？

——怎么从你跳下货车的地方走回来的，你怎么知道你在哪儿？

——那儿什么都没有，只有路而已，只有一条路。所以我就沿着货车开过来的方向走。走到镇子附近的时候，荒地渐渐消失，绿地渐渐出现。然后是树和草，然后就看到了镇子。我可以带你去看，我不知道我们是不是有时间。

申请人被一种深深的困惑和疲惫占据，他感到他正在应对现状、理解现状，迅速、机敏地掌握各种细节，但是然后他又失去了方向。一股重量沉降下来，抹杀了事物之间所有的差异，一切似乎都如出一辙，而他在原地停步不前。

——我不知道，他说。我不知道要怎么……

——帮我躲起来，她说。有人来了。

——马丁，马丁。

有人在房子里叫道。是检查员。申请人感到一阵恐慌，他不想做错事，一件都不想做错。

——我……

马丁犹豫了。

——亲爱的，希尔达说道，你必须……

她正绝望地拉着他。

——帮帮我。他们都是来对付我的。
——马丁！

检查员的声音从房子里传来。

接着大厅里的灯亮了，然后是后门廊上的灯。

沿着篱笆有一丛茂密的灌木。希尔达钻了进去，刚藏好检查员就走出了门。

——马丁，她说。一切都还好吗？

申请人困惑地站在那儿。他能听到希尔达在她藏着的地方轻轻地呼吸着。检查员站在大概六米外的门廊上，向下望着他。他在院子里干什么呢？他究竟为什么在那儿？他能说些什么？

他从没对检查员说过谎，他不想对她说谎。她站在门廊上，身上裹了条被子，对他一脸关心的样子。要说她有什么不同的话，那就是她在半夜里看上去比平时更苍老了。他同情她，为她感到深深的担忧。他也害怕他会被发现，而她会为此不悦。

——马丁，你还好吗？我们该找人帮忙吗？进来吧，跟我来。

之前的疲惫感此刻加剧了。他向房子走去，走上了台阶。他就在那儿，站在她旁边。他发现自己在低语，在对检查员说话。他发现自己在同她讲话，在告诉她什么。他在说什么呢？他说了什么？

检查员目光深邃地看着他的眼睛，她捏了捏他的胳膊，点点头。

——到屋里去吧，她说。

他们坐在饭厅的桌前，检查员为他们俩泡了茶。她烤了面包，把烤好的面包拿出来放到盘子上，他们坐在那儿。他们坐了一会儿，然后外面传来一声惨叫。

——他们找到她了，检查员轻轻地说。别担心，她会没事的。她年轻力壮，但她病得很重。

她特别压低了声音说道。

——希尔达病得很重，她需要我们的帮助，她重复道。

她手里拿着他给她的纸，从那本书里撕下来的纸。他不记得自己把纸给了她，然后突然间他意识到他的确给了她。这个念头让他心痛。是他把那些纸交给了检查员，告诉了她希尔达的藏身之处。他哭了起来。

——你为希尔达寻求了帮助，这样做很对，检查员说。不要难过，你做得合情合理。这样做是对的。现在，我们睡会儿觉吧。你想要点助眠的东西吗？
——想，申请人说，我想要。

他们上了楼。她给了他一些药水喝；他在床上躺下，一觉睡到了早晨，是检查员叫醒了他，她说，

——都快要中午了！该起床了，快起床吧。

那时，他感觉希尔达的插曲已经是很久以前的事了。他认识过她吗？真的认识过吗？

这就是他的情况。他通常并不感到担忧——他感觉那似乎是发生在别人身上的事情，而他毫发无伤。然而，有时候，就好像当一个人照了照镜子，当一个人有很长时间没有看过自己，然后突然在镜子里看到了这张脸，这个人自己的脸，并且感到——认出了自己，有时候他会滑向一种深深的悲伤，悲伤到几乎要哭出来。他的面容会扭曲，他会双手抱头，暗自想道：我都干了些什么，他会感到他背叛了那个唯一属于他的人。

每当这时，检查员会关切地看着他。事情发生一周后，这种情况演变到了一天两次，于是她下定了决心。

我想，她想道，我们在这儿待得太久了。

申请人早晨准备下楼的时候，检查员正站在楼梯底下。

——下了这个楼梯，她说，你就不会再走上去了，在这个房子里不会。所以慢慢地、坚定地、全神贯注地走下来吧。

——怎么回事？他说。

——我们要搬去一个新的村子。希尔达这件事，并不是你的错。但是，这仍然算是个失败。我要把你的名字拿走。不要担心——你会有另一个名字。你只是不再是马丁了，我也不再是埃玛。不要再这么叫我。

——我该拿上我的……

——你不需要带什么。我们需要的东西那儿都已经有了，在我们要去的那个地方。这次旅行和以往的不太一样，你知道为什么吗？

——因为你告诉我了？

——正是这样。我告诉了你，好让你知道。我信任你。我觉得你应该对这些事情知情。这次旅行在某些方面还是和以往一样，我们会在路上睡觉，所以不会看到太多路上的风景。等我们醒过来的时候，我们就已经到了。我想让你做好准备，在你走之前就把你的新名字给你。

——我的新名字，是什么呢？

申请人走下楼梯，走得很慢，很慎重。他走到底，站在比检查员的位置高一点的地方。

——你准备好听了吗？

——准备好了。

——亨利，她说。亨利·考尔。这就是你的新名字。

——亨利，他说。亨利·考尔。亨利·考尔。

——亨利·考尔，她说。我们该走了。过来跟我一起坐在门廊上。我叫戴利亚·加斯滕。

——戴利亚·加斯滕，他轻轻地念道。

他们走到门廊上坐下。

——喝点这个，戴利亚说。这能让你睡着，然后我们就能出发了。

她递给他一个小瓶子，他接过来，举到嘴边。他以前见过这样的东西吗？瓶口非常小，碰到嘴唇的时候感觉有些奇怪。他喝了瓶子里的东西，很快就睡着了。

然后他们就在那儿，坐在门廊上。检查员坐在一把椅子上，他在另一把里睡着了。一种奇怪的声音从小镇街道的远处传来，那是一辆卡车。然后卡车进入了他们的视线，在房子前停下。两个男人下了车，他们抬起申请人，一个抓着手臂，一个抓着脚。他们把他抬到卡车后面的一张小硬板床上，轻轻地把他放下。卡车启程了，它的轰鸣很快就消失得一干二净，因为教堂钟声正在远处鸣起，附近院子里的昆虫则嗡嗡叫个不停，检查员摇着椅子的时候，门廊上的木板又在微微地嘎吱嘎吱响。一只钟正在房子里的某处走着，它的走时声像是这样，滴答，滴答，答里滴，滴答。

4

检查员走进房间的时候，申请人已经醒了，正坐在床上。

——你记得我的名字吗？她问道。

——戴利亚，他说。

——没错，亨利。那是我的名字。我们参观一下房子吧，看看能看到些什么。

于是，他们一起参观了房子，看了看里面的东西。他发现这幢房子跟之前的房子简直一模一样。他看了看饭厅和饭厅里所有的墙，看了看厨房和厨房里所有的墙。他从厨房的窗户望出去，看到花园也是一样，花园和远处的街道。他看到大厅是一样的，楼梯、卧室也都是一样的。检查员把他领到书房，一个之前从不欢迎他去的地方，她说，

——这是书房。在这个村子里，你可以跟我一样随意地来这儿。你也可以用这间房间。

她走到之前一直锁着的书桌前。

——这儿，她说，书桌是不锁的。

她打开抽屉，里面有本书，还有一些纸。

——这是放我写的报告的地方，关于你和你的进展的报告。这本书是关于检查员这个职业的，书里解释了如何检查、为什么要检查之类的事情。这本书跟别的书一样，你知道那意味着什么吗？

亨利没有作声。

——意味着书里有对的地方，也有不对的地方。检查员并不会循规蹈矩地做决定和做事。比如说我，在某些方面常常都不按着书本来。但在另一些方面，照着书做却很重要。这部分是因为置身其中的并不只有我们，你和我都只是某个大于我们自身的事物的一部分。

她从书桌里拿出书，把它举了起来。

——你也看到了，这书不厚。你想读就可以读。我会把它放在书桌里。桌子里还放着我写的报告，你也可以读。不过，记住，如果你发现自己被我写的东西说中了，不要生气。阅读别人的信件总是要付出代价的，人们可能会读到出乎自己意料之外的关于自己的事情，这很少是种愉快的体验。

她走出房间，走下楼，把他留在了那儿。

他走向书桌，关上了抽屉。他又打开抽屉，然后又关上。

然后他坐在椅子里，看着书桌的外观。希尔达在他的脑子里冒出来，然后又消失不见，他感觉这样很好。

——我正在变成亨利，没错，他暗自想道。比起马丁我更像是亨利。

他大声地说了出来，因为他喜欢这些名字在他嘴里的发音。

——每个村子里都有些什么？检查员问道。

——房子，申请人说。有很多房子，所有的房子都……

——所有的房子都一样，检查员接过话头。还有什么？

——有商店。有个百货店，还有个卖衣服的店，有个你可以坐着喝茶的店，有饭店。商店上面是在商店里工作的人住的房间。

——没错，检查员说。人们聚在一起的地方呢？

——有图书馆、村公所，还有贝壳形的露天舞台。

——在我们待过的这些地方、所有的村子里，所有这些都是一样的吗？——还是有什么变化？

——我觉得，他说，我觉得一直都是一样的。

——你觉得它们一直都是一样的，是因为它们是一样的，检查员问道，还是因为你希望它们是一样的——因为你区分不了它们？我们可以说它们的存在——对你来说都是一样的。这可能吗？

——我觉得，他说，我觉得它们一直都是一样的。

——但如果它们有什么不同，她问道，你会知道吗？

——我觉得我会知道，他说。

——那会有什么关系吗？

——我不知道，我觉得没什么关系。

——如果没什么关系，那要确定地说这是怎么一回事不是有点儿困难吗？

——兴许吧，申请人说。村子是村子——是我们居住的地方。当我往一个方向走，我知道那儿有些什么。回来的时候也一样知道。房子也是这样。

——那如果你去了一个地方，检查员问道，那儿却不是这样的呢？一个万事万物都是崭新的地方？

——事物一直都是新的，即便这里也是。不是吗？

检查员拿出她的本子，在里面写了些什么。

——我们来给自己想个新的身份吧。一个新的身份，该是什么样的呢？

——我不知道，亨利说。我又感觉到了困难，那样四处走动。或许该选个我不用动那么多的身份吧。

——你感觉沮丧吗？因为动不太了？

亨利点点头。

——你该早点告诉我的。会过去的，检查员说道。不过是帮助你旅行的药物的影响，或许你喝得有点多了。喝得太多会让脑子糊涂，让身体疲惫。过几天就会好了。现在我们想想，你的身份，你在这个镇子里的角色。你会是什么身份呢？你在写一篇论文，这主意怎么样？我是跟你一起旅行的人，不是仆人，但是照顾你需要的人。你就是雇我干这个的。你正在为一个即将召开的会议撰写一篇重要的论文。当个学者，你的年纪还是挺让人信服的。

——学者。

——你不用跟人谈起这个话题。你谈得越少，人们越感兴趣。你谈得越多，人们越不在乎，如果你谈个不停——他们甚至会躲着你。事情就是这样。

——不过那样的话，亨利说，我们要干些什么呢？我不会真的去写论文啊，我不觉得我写得了。

——你不用干那样的事。我们会找些其他事情来填满时间的。我们正在朝着我们的目标稳步前进。我们这么干，我们每天都会安排我们的任务，晚上我会写相关的报告，你可以读。然后你就会知道你干得怎么样，你就会知道你是如何朝着我们的目标前进的。

——我可以告诉你，她继续说道，一个像你这样的人，一个知道什么时候要做什么的可靠的好人，可以生活在任何他喜欢的地方。我们会为你找到一份好工作和一个住的地方。你很快就会具备一个正常人所具备的所有技能，你会拥有正常人能拥有的机会。你甚至可以决定你是想住在村子里，还是想走。无论怎样都好。不管你做出什么选择，我，比如说，都会为你感到万分骄傲。

申请人感觉到一种空泛的东西，像是期望，但是一种虚弱的期望。它不假，但也不至于声如洪钟。

——现在，我们来想想你擅长做的事情和你喜欢做的事情。我们会让你练习与人互动，还会谈谈让你沮丧和害怕的东西。我为你准备了许多新练习，等我们全部做完了，我们就要开始下一步了。你准备好开始了吗？另外，记住，亨利，你可以一而再再而三地失败，完全随你的意。但接着要怎么前进呢？

——不顾一切，小心谨慎，他说。先是小心谨慎，然后不顾一切。

申请人坐在书房里。这些日子里他经常想来这儿。他会坐在书房里，变换桌子上东西的位置。书在那儿，报告也在。他终于可以读了。他甚至从没真的确定过它们的存在，但现在他确定了，而且他可以读。

不过事实是，他没有读。他没有想读的欲望。不知道为什么，他可以读，这一点对他已经足够了。如果书和报告里写了什么——他敢说那也是大同小异。然而他心里却有个声音在反抗，一个远方的声音，叫着嚷着让他好好看看那本书，读读那些报告，尽可能地打探消息。然而希尔达已经走了，于是那个声音也已经微弱下去，微弱到他几乎已经不怎么听得见了。

现在，他受到的所有褒奖让他享受着成功的滋味。他的温良本性正日益温良，他发现他可以同人们说话，可以用最惊人的方式完成世事。

检查员会对他说些诸如此类的话：

明天，你要去镇上的餐厅。餐厅里都是人，好像已经没有空桌子了。你会遇到的情形是：你没法在餐厅里吃饭，因为没地方坐。还有一个年轻人也在那儿等。你会听到别人告诉他，现在没法在这儿用餐，因为餐厅已经客满。

可是，你会走到接待员跟前，问他还有没有桌子。接待员会对你点头微笑，他会向后一喊，于是就有一张桌子被搬出来摆好。年轻人会看着你，好奇你是谁，为什么餐厅给你如此优待，你会邀请他坐下和你一起吃饭，仿佛这是再自然不过的事情。

然后你会坐着，他会问许多关于你生活的问题，这些问题你一个都回答不了。原因是这样的：你生活中的事件，你一件也不记得。这便是你的困境。不过，你不会撒谎。你会仅仅向他解释你生了场病，但你正在康复，现在你正在写一篇你准备宣读的论文。

年轻人走的时候，他会邀请你和他再度会面，但你会拒绝。如果他问你为什么，你会说你非常忙。你喝了酒，所以脸上会微微发烫。这会是个很难拒绝的邀请，因为年轻人非常有魅力，他的陪伴又让人格外愉悦，但你还是会拒绝他。

你为什么要这么做？你会这么做因为这是你必须学会适应的生活的一部分——要意志坚定，要有拒绝好事的能力。这就是明天的练习。

然后第二天，她说的一切都会发生，亨利会去一家餐厅，他会去那里不是因为他记得自己要去，而是因为他饿了，他已经开始偶尔在餐厅吃饭。在餐厅，到的时候他会发现已经没有空位，他会隐隐感到担心，怕自己没有桌子坐下来。当他向接待员走去，他会注意到一个年轻人正被拒之门外。接待员会注意到他站在那儿，会注意到亨利，而接待员会说，亨利·考尔，我们尊贵的客人。亨利·考尔，亨利·考尔。这个名字会镀上一层傲然的光辉，灿烂地闪耀起来。然后亨利会被带到一张一分钟前还不曾存在的桌子前。桌子实际上会被高举着抬过许多客人的头顶，其他的桌子会往旁边挪动，好腾出地方给它。侍者会将蜡烛之类的东西、奢华的银餐具、精致的瓷器悉数摆上桌面，所有一切会像扇子一样徐徐展开。当这些正在进行中，大家都站着入迷地看着时，亨利会对年轻人说，先生，尊姓大名，年轻人会说，我叫萨沙，而亨利会说，和我一起坐吧，何乐不为呢。然后两人会坐下，他们甚至不需要点菜。为他们服务的侍者根本不用吩咐，他们只拿最好的东西过来，又毫无怨言地把不需要的东西一一拿走。亨利会同萨沙说话，而萨沙会问问题，他会说，亨利，希望你别介意我问，你是哪里人？那是哪儿的口音？亨利会说，我不知道。诸如此类的事情，我不是非常了解，事情是这样的：关于过去我几乎一点也不记得。你瞧，我正在康复中，刚刚才要开始新生活。我目前正在为一个即将召开的会议写一篇论文。

然后，萨沙会问论文的事，而亨利会说，我一般不会谈论还没写完的论文。

然后会有人带着一封信来到桌前交给亨利，他说，考尔教授，这儿有您的一封信，刚刚送到。亨利会把信放进大衣的口袋里，连看都不会看一眼。

晚餐结束，他们站在餐厅前，餐厅里的灯光几乎都已熄灭，亨利已经知道了萨沙童年的点点滴滴，他目前的工作，他对鹬的迷恋，他们会互道再见，而萨沙会要求再次见面并被拒绝，这个拒绝并不会如亨利预想的那样触动他，因为他将会做好准备，将会为此做好十足的准备，正如他此刻正在为一切做好十足的准备。然后他会沿着林荫大道步行回家，检查员会在门廊上等着他，她会拍两下手并且微笑，而他会回之以微笑。

或者检查员会说，明天你会走在街上，一个男人会绊倒，他的膝盖会受伤，他会流一点儿血。你会把夹克挎在手臂上，你会用你的夹克给他止血。那不会是个多严重的伤，但你还是会止住他的血，帮那个人站起来。你会让他扶着你的胳膊，陪他回家。当他邀请你进屋的时候，你会进去和他一起喝杯葡萄酒。他妻子到家的时候，他们会邀请你留下晚餐。他们会坚持让你留下来，但你会说你还有事要忙。这一次，你甚至会拒绝告诉他们你的名字。你会这样说，我暂且不想留名。如果你说得恰到好处，他们会尊重你的意愿的。

然后，这一切就会真的发生。亨利会出门散步，他会经过一条歪歪扭扭的林荫道，路面铺得不是很平，他会在那儿亲眼看到一个男人摔倒。男人的裤腿会被划开，他的腿会擦破皮，会有血流出来，腿上有，地上也有。亨利会毫不迟疑地裹住那条腿，紧紧按着。他会温和地和那个男人说话，还会把他扶起来——但他会一直等到男人准备好的时候。在男人家里，他们会分享一瓶葡萄酒，当被问及他的个人情况，他会含混地带过，而他的含混会被以礼相待，因为他说得温和得不能再温和，友好得不能再友好。他会以同样的轻巧规避掉晚餐，然后亨利会离开，穿过村子，回到自己的家。

他从来没有好奇过在这么小的村子里怎么会有这么多他只有过一面之缘的人，这么多流动的群体。不管这样的戏码演了多少次，他都不觉得奇怪——因为亨利已经变成了一种非常特别的人。他被训练成了一个不问问题的人。没有人告诉他要那么做，不过他自然而然地被引导成了那样，而现在既然他已经在这样的身份里就位了，他感到异常地欣慰。

没错，这些就是会发生的事情。倒不是说一模一样的事，那当然不可能，而是诸如此类的事情。许多许多诸如此类的事情。

——你怎么判断你跟别人结束谈话时结果不错呢？检查员缓缓地问道。或者，我该说，你觉得别人会怎么看待这些对话？

他们正在吃晚餐，豌豆汤配厚厚的脆皮黑面包。申请人将盘子上的一块面包掰成两半，黑面包很好掰，掰起来让人感觉愉悦。

——如果我们走的时候都觉得开始这场谈话是正确的决定，觉得我们见面和聊天的时候正确地预感到了谈话的走向，而且它确实沿着预设的轨道进行了，那我就觉得成功了。

——谁来决定这条预设的轨道呢？

——没有人。但是，如果谈话没有沿着那条轨道进行，大家都会有所察觉。

——那样你会觉得尴尬吗？

——不会，我觉得不会。

申请人想了一会儿。

——我不去想别人的看法。

——为什么？

——因为，你说过，你有次说过，把人们看作独立于村子的存在是错误的，人就是村子。如果我对他们说了什么，我只是在尽量维护村子里已有的观念而已。我维护的方式就是和人理智地对话，一场可能在这个村子里发生的对话。这就是全部。

检查员拍起了手。

——还有件事，她问道。我想做个练习，我想让你告诉我走到镇子里是什么感觉。你能为我这么做吗？想象一下，在你能想象得到的最美丽的一天，一个你盼望已久的日子，你醒来，然后走下楼，你走出家门，走上街道，就从这里开始。

——我走上街道，申请人说道。大门在我身后关上，周围都是我认识的房子，都是些好房子，大小合适，都粉刷成了我喜欢的样子。公路从这里经过，我沿着路走，我看到了篱笆，于是我走在篱笆边上。我们在一座小山上，山脚下有些不同风格的建筑。我想了想我会看到的东西，然后我就真的看到了它们。有商店，还有商店里的人。商店里总是同一伙人，同一伙人在买东西，同一伙人在卖东西，同样的东西在被买卖。有个修补衣服的商店，一个咖啡馆，里面有个老人独自坐在棋盘前，然后另一个老人正坐下和他做伴。他没有坐下，他站在棋盘边上，他们俩都看着棋盘。更远些有几张长凳，不同的时间有不同的人坐着。我通常要么很早要么很晚在那儿。到得早的时候，那里有些我认识的人，我在某些地方见过他们。到得晚的时候，则有一些我在别的地方见过的人。人们会离开，然后会有新的人来。然后，我们来到了一个小广场，然后……

——非常好，检查员说。暂时先这样吧。我们继续吃晚餐。

她举起了杯子。

——人们这样祝酒，她说。

然后，有那么一天，检查员不在家。他在房子里到处找她，但没有找到。厨房的桌子上有张字条，字条写道：

++

出门两天。我回来前你会应付自如的。

++

亨利感到些许的疑惑，但又轻松地打消了疑惑。她出门应该没什么好担心的。他准备好了。实际上，现在大部分的日子里他都在独自完成任务。家里有食物，如果他想，他还能出去吃饭。如果他想要陪伴，他也能在外面找到。比如，他可以去某个相识的人家里做客。

不过，想到这儿的时候，他真的担心了起来。他不确定要去找谁，也不知道这么做意味着什么。他最好还是不要去做客的好。

但是，他想道，去哪家做客其实并不重要。他想象得出来这些拜访都是什么样，并不会真有什么事情因此发生。他不必担心后果，所有的选择都会是好的选择。即便检查员在这儿，他也不一定会告诉她他要去哪儿。所以，有什么要紧的呢?

慢慢地，慢慢地，他在这个新地方顺其自然地摸索到了一种对策。一种新的决心在他心中逐渐坚定起来——一种淡漠的态度正渐渐将他攫住。但他还没无动于衷到不能动弹的地步。

我会听到很多话，我也会说很多。在早晨他这样想，到了晚上他可能会想，我听到了很多话，我也说了很多。但那些东西是——它们是遥不可及的。它们就像打哈欠的嘴，张开短短一秒，然后合上，接二连三地打着哈欠。

如果他曾经想过生活其实并不是这样——那么他已经不再这样认为了。

下一次她离开的时候，走了整整一个星期，然后，偶尔，她会不说一声就离开，就连这样他也适应得很好。

检查员给他的练习甚至都不用预先排练了。她不会提前告诉他他们要干什么。他只需要进村事情就会自然地发生，然后他会随机应变。有时候事情很顺利，有时候不太顺利，不过不管是哪种情况，结果总还算不错。他会和检查员谈谈发生了些什么。或者有时候，他也会闭口不谈。有时候事情仅仅发生就可以了。正如检查员所说，事件只是事件而已。哪件都不比另一件更重要。

有一次，他和一个用伞打了他的大嗓门女人陷入了激烈的争执。不过争到最后，还是他的温良本性占了上风，于是他们两个都道起歉来。他们站在雨中，两个人都湿透了，各自都在为自己的行为道歉。

有一次，他把大衣忘在了长凳上，第二天他看见有人穿着他的大衣！

有一次，他被邀请在一个小集会上演讲，他到的时候——他们却完全忘了邀请过他。

他学到的这些事以及其他事他都能够承受，他的本性与村子的性情已经变得无限贴近。别人开始议论纷纷——他做出了一个多好的榜样啊。他们的声音不高不低，刚刚好够他听到。

检查员坐在一个房间里，那个房间也在房子里，但申请人从没见过。它在一堵墙的另一面，他从没想到过要从外面看看房子，好知道哪扇窗子属于哪间屋子。她正坐在书桌前，一张跟书房里的书桌一样的桌子，她正在写报告。她写的内容如下：

++

申请人已经可以游刃有余，他很放松，已经几乎没什么可做的了。我相信他曾是个不同寻常的人选，他来找我们的时候一定尚处于功能性高度完整的状态。我猜那应该是好几年前的事了。我开始照顾他的时候他没有表现出任何能够适应现实生活的可能性，但现在他已经能够协调、舒适地生活了，虽然他还不能承担什么责任，并且需要经常的疏导。我建议他不要承担任何真正的职责。

据我估计申请人至少曾接受过八次再处理，尽管按照流程规定没法予以确认。如果真是这样，那是非常可惜的，而且已经大大超出了我认为应该容许的限度。

至于申请人，有必要让他接受经常性的监督。我推荐检查员2387负责这个任务。她已经参与过这个案子，可以轻松地重新融入进来。确实也有充分的理由相信他会期待她的陪伴。

那么，年底或者年底前，我就会结束这个案子，离开E6村。

我期待着对这个案子的小组分析。

日子一天天过去。过了一阵子，一个特别的日子到来了，那天过了一半的时候，正是中午。阳光如此明媚，似乎每根草都跟另一根有所不同，都能脱颖而出。周围一派祥和——万物无从隐匿，苍天之下无一例外。

人们沿着街道来来往往，无论去哪儿，都只是为了他们琐碎的小事。他们的事情不多不少，刚好够做。刚好而已，他们为此高兴。溪水流动，湖水静止。

到处都会有人站住，与另一个人眼神交汇。他们会认出彼此，露出一丝欣喜。到处都会有人走进房子，关上门，门会牢牢地关上，随着一记沉闷、滞重的声响。

同样地，窗户会被推开，另一些窗则关上。到处都会有人躺下午睡，或者拉出椅子坐在桌边。村子里满是物什，每一件都能派上用场。这是一件欢快的精巧装置，一件复杂的多面体。从中心到边缘，它完全自成一体。如果有什么村子不承认的东西——肯定总是有的，那么现在已经没有谈论这些东西的空间了。

检查员在房子的正面挂上了一块铜牌，上面是亨利·考尔的名字。过来看看，她对他说。

她把他叫下楼，叫出屋子，他匆匆忙忙地过来，就像往常一样。像往常一样，他匆匆忙忙地来了，当他赶到的时候，他们站在那儿，然后不可思议的事情发生了。他站在那儿，想着铜牌的事。他想着亨利·考尔这个名字，想着大门、房子和街道。检查员大声说道，她大声地对他说道——

——现在，亨利·考尔是你真正的名字了。去散个步再回来吧，看看你的名字在这铜牌上是什么感觉。

然后亨利就沿着街道走，每幢他经过的房子前都有个人在院子里，每个人都大声地和他打招呼，晚上好，亨利，或者考尔先生，见到你真好。他认识他们所有人，每一个人。他认识他们，他们认识他。

他走过了一条又一条街道。他又绕回来，所有闪烁着光芒的面庞都一起颤动着，一齐说着，亨利，亨利，亨利。

当他走上房子前面的阶梯，他听到有人说话。有人在他家说话！两个人正在交谈。检查员正和某个人待在饭厅里。会是谁呢？

检查员、他的好友戴利亚，一个他认识了这么久、一起生活了这么久的人，刚刚才把刻着他名字的铜牌挂起来的她，对他那么满意的她，她走出饭厅进到门厅里，挽起他的胳膊，没有把他领进饭厅，而是领进了客厅。他们坐下。他回头往饭厅的方向看去，但检查员迎住了他的目光，让他无法再看别的地方。

——我知道对你来说非常不容易，亨利，要处理去年在上一个村子里经历的失败，但那实在也算不上是什么失败。你做得很好，但是村子做得不够好。那个名叫希尔达的女人的事情进展得不太顺利，她病得很重，你做了正确的事情，但却因此受到了伤害。你觉得受伤是因为她是那么有说服力，因为你仍无法抵抗她的那种思维方式。你是个忠诚的好人，你也希望你真的可以用别的方式帮助她，但最后你的直觉占了上风，你发现只有一种方法能帮到她，于是你那么帮了。可即便现在你都无法忘却这件事情，仍在为之感到困扰。世界纷繁复杂，我们总是需要面对困难的处境，而现在你已经学会了如何处理所有这些处境。

检查员深呼吸了一下。

——我想介绍一个人给你，她说。这个人已经来看我们了，她要在村子里住上一段日子。她叫南希，南希·思罗滕。你会明白的，会明白她为什么要来这儿。

——南希，检查员说。南希，进来吧。

她靠过去，在申请人的耳边小声地说。

——过去发生的事情她一点儿都不记得，所以不要跟她谈起，免得让她糊涂。不过我想她可能还有点儿记得你，或许一开始只有一点点儿。所以，对她好点。如果我没记错的话，你以前很喜欢和她待在一起。或许现在也会？

厅里响起了脚步声，然后，

走进房间的这位年轻女士穿着一件可爱的长春花色的吊带连衣裙，腿上穿着亮黄色长袜。她真美，他这么想道，当她看到他，她把头向左微微一倾，莞尔一笑。

是希尔达，希尔达！

——戴利亚把你的一切都告诉我了，希尔达-南希说。我一直盼着认识你呢。

检查员走出了房间，两个年轻人一起坐在一张小沙发上。

——我感觉，希尔达-南希说，我感觉好像已经认识你很久了。不过，那样想真傻。

她笑了，一种既明媚又伤感的笑。

——我才刚刚见到你，我们还有的是时间。亨利，她说，亨利，多好的名字啊。我真的很爱名字，你呢？

——南希也是个好名字，亨利说，我觉得这名字很适合你。

当他看着她的时候，他感到往昔正慢慢退去。他清清楚楚地记得他曾生活在另一个地方，记得他曾认识过一个叫希尔达的人，但诸如此类的事情似乎根本无关紧要。南希在这儿，在他住的这个地方，事物并不虚幻缥缈。事实如此，那就够了。没有必要再去回想其他的事情，或让那些事情浮沉于脑海。他的脸上现出一个慎重的表情——让他看上去像个沉思的人，但是实际上，他仅仅是坐在那儿，平静地等待着事情的发生。南希脸上也有同样恬淡的表情。他们握着手，任何看进房间的人都会觉得他们是世界上最幸福的两个人。

在墙的另一面，检查员正静静地站着，她闭着双眼。她拍了下手，又拍了一下，但轻柔得没有任何人能听见。

最后的选择

那是一个走廊的迷宫，一幢带有走廊迷宫的平凡的建筑。大部分的办公室都空着，门上全都没有标记，门前没有任何人在等候。

不过，有一扇门，门上印着简单的头衔。简单，但是令人不解。门上写着：

谈话师

门对面的厅里有一张长凳。一个男人，一名请求人，已经在长凳上坐了大半个小时。他脸庞瘦削，一脸倦容，单薄的衣服又旧又皱，好像很久没有睡过觉似的。他一只手颤抖着，另一只手握着颤抖的手。也或许两只手都在颤抖。他无言地看着地板，头上的灯光时明时灭。

门终于开了。一个一头银发、穿着黑西装的男人，一位老人，向外张望着。他挥了挥胳膊，于是请求人站起来，走进房间，关上了门。

我坐在治疗办公室的时候，他开始说了起来，向我解释这是怎么回事。我在那儿，除了继续下去别无选择，似乎除此之外就没有别的选择，没有别的——然而，他正在解释这样一件事给我听，几乎没有得到我的允许，例行公事而已，解释着这样一件我无法理解的事：自杀治疗。世界整体上已经取得了很多进步，那么多的问题都已经得到了解决，谈话师这样说道。我的祖父和他的祖父，更别提这些祖父们的祖父，他们能指望的要比我少得多，等等等等：人类的总体生活正在飞速进步，但是，所有解决方法都有其后果，其中最坏的，总是一而再再而三地突然出现的，莫过于隔绝感。现代世界里，我们，我们所有人，都是孤独的。我们还不如成为家具呢，他继续说道。换句话说，我们无法感觉——没法和别人沟通；这个问题周而复始地出现。有些人甚至难以为继。所以，既然已经有那么多问题得到了解决，这已经成了蔓延在共和国内的普遍感受，直面这最后的问题，这所有问题的问题是我们的责任，找到问题的解药，自杀的治疗方法是我们的使命，谈话师这样说道。他的白发又轻又软，像鸟的羽毛，但令人欣慰，仿佛正在宣称无论什么职位他都能够胜任。谈话师。那是啥？他的办公桌两侧都摆着椅子，办公桌基本上就是张普通桌子。他可以坐在桌子的任意一侧，不会有任何差别。我是来这儿和他说话的，他也要和我说话。于是他说了。他说，村庄处理完全是从无到有，哪儿都没有过这么一个概念，然后它突然就成功了。突然之间，每个城市都开设了一个我们这样的部门，我们这个部门才刚刚开设了一个月。他解释得很快，而且没完没了，然后冷不丁地，又突然陷入了沉默，只是莫名其妙地看着我。他，也就是谈话师说，他自己，也是一个星期前才来到这座城市，但他之前在另一个办公室工作了许多年，一个被称为失败部的办公室。他们这么叫，失败部，他这样说道。普通人。

它的正式名字就是它的功能所在：村庄处理。那是管理治疗的方法，而这里是第一步。他说话的时候做了一个古怪的手势，好像要把整件事都精简下来——好让它显得比较可能。第一步是容易的，他似乎在说，从这步开始，一切尽在掌握。我觉得他有点儿像我的祖父，一个我从没喜欢过的人。但是，在他身上，我祖父所有的可悲可叹、邪恶缺德都不知怎的缓和下来、有了改善。仿佛祖父这个角色，他的为人得到了一番小心翼翼的重新审视，于是就有了他，谈话师，一个可以交谈的人。他说，长期以来，一千年以来，甚至此前的一千年也是，自杀始终被视为错误的行为。人们相信人不应该杀死自己，人没有这样的权力。这样的信念源于一个谬误的观念——即人并不拥有自己的身体——身体属于别人，而不属于你。无论是属于上帝还是其他人，其理据都是一样的。但现在我们看到，如果你不再想要活着，那就没有理由，确实没有理由不去了结你的生命。实际上，活着——假如你并不想活——才是非理性的，谈话师这样说道。不到三天前，一个男人坐在你现在坐着的地方，就是那儿，谈话师这样说道，他对我说，我从没成为我想成为的那个人。即便小时候，我也是另一个人。我这一生——整整一生！——每天早上都在这具我感觉不属于我的身体里醒来，在不属于我的状况里醒来，为什么我不该了结这样的生命呢。我给他的回答，谈话师说，是，如果你想要解脱，那有何不可呢，不过你不妨想想：格勒布登，伊曼纽尔·格勒布登——古往今来最优秀的大脑之一，也曾为这个问题挣扎过。感觉就好像是他和你聊过，单独聊过，听到了你的问题，于是解决了它似的。他的解决方法就是村庄处理，我这么告诉他，谈话师说。是吗，我说，不到三天前。我告诉他，我们会让你脱胎换骨。现在你有这样一个选择，一个前所未有的选择——破天荒头一遭——可以彻头彻尾地重新开始。我们在这儿就是干那个的，那就是我们帮助你的方法。而且，谈话师看着我，继续说道，我们也能为你提供相同的帮助。即便那个曾坐在你现在坐着的地方的男人，坐在那儿哭得不能自已，可怜的家伙，真的很可怜，在那张椅子里抽泣——即便是这样，他现在已经平和了，正在踏上一段新的旅途。他大手一挥。不过，谈话师说，还有许多正规程序要走。我在这儿就是干这个的。我们要好好谈谈，你和我，我要了解你，为你分类，关注你的需要，找到你在这儿的原因。这个我曾经恨过的祖父的镜像，和他像是一个模子里刻出来的男人这样说道。我，也是个可怜的家伙，我想。我，一个可怜虫，在那儿，坐在这间办公室里，而我要讲述我凄惨的故事。好极了。他说得兴致勃勃。这是他精心排练过的全套表演的一部分。他说，你知道你刚刚离开的那个地方会怎么样吗？我离开的那个地方？你离开的那个地方——你离开的那栋房子、离开的那些人，他们全部的交流和思想，他们的生计、尊严和希望——你知道你到这儿来，这些会如何解决吗？会这样解决：所有熟悉你的人会分别收到一封邮寄的小信，信会被打开，信打开的时候，里面会有一张黄色的纸片，不管是谁打开了信都会看到一张黄色的纸片。他们会拿出黄纸片，纸片上写着一个名字。克莱门特·迈耶。你的名字。他们会默默地念着这个名字，有些人则会高声念出来。他们打开这封信后会发生的事是，他们会知道你再也不在他们的生活中了，这个人永远地离开了，在世上任何地方都找不到、找不回来了。这对你会是个安慰，你可以知道所有的书都已经合上，所有未竟之事都已经终了，没有任何拖泥带水。你没法回头，因为没有回头路可走。一个彻底的了断，谈话师这样说道。我问他会不会有一个阶段，一个人不得不硬着头皮继续下去。我问他处理过程中有没有一个分水岭，过了之后就再也不可能回到过去的生活。你想回到过去的生活吗？不想，我说，我来这儿只有一个理由，我只是在想，或许另一个人在这儿知道了这样的信息，就会起身离开办公室，回到大街上，穿过城市踏上归途，回到他们住的地方，回到他们认识的人身边。你可以走，可以随时走，谈话师说。现在就可以走。我没想走，我说。不过还有，他说，还有个证据的问题。这让人遗憾，但是我们发现有必要要求提供某种证据。我们想听你讲讲你自己的故事。我们这么做是为了确定你没来错地方——确定你，确实，是在寻求我们伸出的手。他说得很快，说了两遍，一次是对我，另一次对他自己，小声得几乎听不见。寻求我们伸出的手。有个女人来过这儿，他说，她是我在这个城市经手的第一个人，她有个大家庭，在政府里干得风生水起。我相信如果我给你看她的脸你会觉得她脸熟的。我向办公室外看去，我打开门，就像我打开门迎接你一样，而她在门外。我带她走进办公室，请她坐下，一开始，从她对自己的讲述中根本听不出她需要我们的帮助。她生活的每一面都完美无瑕。她是个不可思议的人，实在不可思议，像个无所不能的生活巨人。不过，我们在这儿坐了很久。天渐渐黑了下来，我当时觉得——我会等，我不用回家，今晚也没有什么等着我回去。我可以再工作几个小时，反正也没大碍。我们继续坐着，她开始讲到一些别的事情，不仅仅是她生活中的事情，而是别的层面的生活中的事情，可以被称为她的内心生活的事情。随着我们对这件事的深入——她说算是种内心生活，我开始肯定起来。这是个想和她知道的所有事情分道扬镳的女人。她并不感到哀伤，没有眼泪要宣泄，没有任何事要惋惜，但她已经走到了头。她对她生活的兴趣要比她的寿命短。她正处于一种生存困境中。我这样对她说，但她并不赞同。她认为这样的措辞让人恶心。不过我们的确同意，谈话师这样说道，治疗，对她而言，是很有必要的。她签完了相关的合同，虽然那时已经是晚上十一点了，我还是做了必要的安排，于是她踏上了旅途。她不需要再回家了，一旦我安排完毕，她就轻轻松松地上路了。还有一次，谈话师继续说道，有个男孩子，只有十六岁，他，用他的话来说，一开始就是个错误。他的开始错得彻彻底底。我不是在这间办公室里见的他，而是在之前那间。他还是个长相稚嫩的小可爱，非常贴心，也很直接，尽了最大的努力回答所有问题。但他的青春完全被一种浓重的悲伤压垮了，他从一开始就活在深深的误解里。没有什么可为他做的。起初，我很肯定我不会接受他，会送他回去。我不停地在送人回去，没有停过。但是，当他把他的处境解释清楚，不是像个孩子那样解释，而是仿佛一个在世上活了很久的人，我不得不让了步。我给了他他想要的，我肯定他现在过得不错。谈话师不停地说着，但他其实是在等待。他说着话，但其实是在等我开口。他的滔滔不绝是对我的一种许可：这是个说话的地方，他说的话说道。想到要讲述我的处境，我就觉得难以承受。我说了出来，我对他说，想到要讲述我的处境，我就觉得难以承受。当我听说村庄处理的时候，当我听说这个部门是通往那里的大门、入口，可以这么说，我感到的，不是希望，因为我感觉不到任何希望，我只是想无言地跨过那道门槛，什么都不用说。如果果真是那样的话，谈话师说道。我知道我必须说，我说。我知道。然后谈话师把椅子向左挪了一点点，似乎是在为即将发生的事情做准备，而他在为之准备的事情是我正要开始讲话，而我是这样说的。比方说你是个年轻的女人，比方说你的名字叫拉娜，拉娜·诺森，比方说你家境殷实，受过良好的教育，有朋友也有和睦的家庭。但是有一天，你因为头疼，因为头部的压迫感去看医生，在医生办公室里你发现你快死了。千真万确，你很快就要死了。可能会拖得久一点，或者拖不了很久：这是唯一悬而未决的事情。但你会死这件事完完全全地毋庸置疑。医生甚至没什么要补充的，这是个彻底的判决。而你站在那儿，所有东西，所有你拥有的美好的东西都灰飞烟灭。都一样，它们闪耀着双倍的光芒——每一件好东西都尽显其美好的本质，因为它们突然都有了尽头——曾经无限的那些东西、拥有漫长生命的东西，突然地有限起来。你走出办公室，走过一条街道，又走过一条，又是一条。就在那天，在那最糟糕的一天，你遇见了一个年轻男人。不论是出于什么原因，总之你觉得他棒极了。他，虽然在某些方面比起他的同类可能并不出彩，对你来说却似乎不同凡响，我这么告诉谈话师。你，拉娜，站在街上同他说话。你们彼此开着玩笑，很快这些玩笑里开始夹杂起一种小心翼翼的认真。在这段闲聊里，你们两个都发现你们想要再次见到对方。于是，你确保他拿到了你的地址，便离开了。你回到家，在家里你被家人簇拥着。你向家人宣布了消息：你要死了。你最好的朋友都被叫来家里。他们被告知：你要死了。所有人都聚在那儿，空气里满是失落和哀伤。然后，你向大家讲话，你说的是：你说，我只剩下三个月了，我想完整地拥有它们。如果这三个月是属于我的，它们也确实属于我，那么我不想再说生病的事情。在场的所有人都必须发誓在我死前不会再提到我的病。现在我要离开这个房间，去洗脸洗手，等我回来的时候，五分钟后，你们所有人都将享受着一个和我无关的愉快聚会。我们会点外送的食物，你们得知今天这个消息前会怎么度过这个夜晚，我们就怎么度过。另外拜托，你继续说道，不要老是随我差遣，我过去过的生活不是这样，我想过的生活也不是这样。然后你离开了房间，等你回来的时候，你的亲朋好友们，既干练又坚强，他们遵从了你的愿望。一个令人无比满意的夜晚流逝着，直到深夜里某一刻宾客散尽，我这么告诉谈话师。现在，第二天，你家响起了敲门声。是那个年轻人，他名叫克莱门特。他想要见你，你发现你也想见他。虽然他几乎一穷二白，而且一点儿也不起眼，你却发现自己想和他一起外出同游。这次外出让你们变得亲近了一点。很快，一个星期过去了，而你每天都在见他。你的亲朋好友们震惊了。你似乎变了——变得更加光彩照人。你看上去容光焕发——你变得多么快乐呀。当你坐在桥上，亲吻着这个年轻人，当你在电影院和酒吧流连到深夜，你觉得终于在这儿梦想成真——你一直以来梦寐以求的生活。不知道为什么，虽然你之前一定认识过其他优秀的男人、其他男孩子，克莱门特却是让你觉得需要感谢的那个人。对此他并不理解，也无法理解，但他并不需要理解。他总是郑重其事地说他配不上你，对此你笑了又笑。你总是在笑他，让他解释他的过失，然后又变本加厉地笑，因为对你来说这些无关紧要。随着你们关系的发展，你看到一些你认识的人、你的母亲和你的父亲，都日渐担忧起来。你担心他们会告诉他，担心他们会把一切搞砸。所以，你告诉他们，所以你告诉你的朋友们，不要把你们知道的事情告诉克莱门特。我这样告诉谈话师，我坐在他的办公室，头埋在双手里。房间里安静下来，突然地安静下来，已经安静了很久很久。

我看着谈话师，而他看着我。我说，她和我，我们相遇了，几个月一晃而过。几个月一晃而过，而我对她说，拉娜，不如我们开车去乡下吧。我们总是待在城里，周围总有其他人在。为什么不去个没人的地方呢，或许会很愉快的。她对这个提议感到焦虑不安，我这样告诉谈话师。我能看出来，她似乎很害怕去乡下这个主意，尽管这是个异常普通、异常合宜的主意，却带来了我无论如何都预料不到的反应。出

城？她十分不安，脸色苍白。不过，她是个那么强大的人，总是走在我的前面，总是更加坚持、更加尖锐，于是，因为我偶然发现了她这样一个弱点，我一下子赶上了她。我说，我真的那么说了，我现在几乎觉得说不出口，但我对她说，我告诉谈话师，我说，来吧，就现在，你不会是害怕去乡下吧？她说她不害怕去乡下。如果我想去，我们就会去。她简单地说道，却不知为什么有点喘不过气。我很高兴。那么，我们为什么不行动呢？我继续残忍地说道。那无所谓是个可以和别人待在一起的地方，无所谓是个可以提供各种服务、东西应有尽有、房间配套齐全的地方，不是吗？无所谓，她说，无所谓。但是，我看得出来，她很害怕，但我不明白为什么。我继续怂恿她。于是，一天清晨，周围还没人出没的时候，我们在她车里装上一个行李箱、几个帆布袋，就驶出了城市，前往她父母的一栋房子，准备在那儿待上一个星期。她父母有许多房子，这一栋就在附近——在乡下，大概两天的车程。我们向着那栋房子行驶。离开的时候她哭了一会儿，而我不明白为什么。她哭着，我试图安慰她，我说，拉娜，怎么了？而她只会说，没事，没事，没事。没事，没事。我逼问她的时候，她说她也不知道。她就是突然感觉想哭，她也不知道为什么。她当时的感受，她认为，是无法解释的。我没有继续逼问她，只是说了些诸如好吧，我肯定到了乡下你会感觉好些的之类的话。可能会吧，她附和道。开车的时候，她有时候坐在我旁边的副驾驶位，坐在那儿时，她会侧坐过来，好看见我。我们放下了车顶篷，于是她的头发会随风飘舞，或者她会用根布条把头发束起来，于是头发就规规矩矩的，当风迎面猛吹过来，头发却在布条里整整齐齐地待着。第一种情况下，她会任由她的头发披散着，然后我会用眼角瞥到她，像个耀眼的女武神，一种流光溢彩的存在，不知边界为何的尤物，极尽所能地燃烧着自己，或者她会将头发束起来，将头发束进一根简单的布条，束起头发的时候她将判若两人，我用眼角瞥到了这一切，她变成了一种完美的轮廓，所有本质的本质，一位空气精灵或者水中仙女。我为此而激情澎湃。我会看着她，事实上还会转过身来，被她的外表触动，目不转睛地看着她，甚至忘记了看路。这种时候她的反应出乎所有可能的意料之外。她什么都不说，只是也望着我，脸上挂着笑容，直到我回过神来，发现我正在偏离车道：我们正在鬼门关上！这时候我只差几厘米就要开到公路边了！然后，我会急转弯，将我们俩救出险境，然后我们会继续行驶。这肯定发生了九次、十次，对此她从头到尾不置一词。我开车的时候她会看着我，我们会谈论别的事情。一开始车开得很快，我们很费劲才能听清彼此，但当我们已经开出了城一点，马路都变得又窄又弯，于是我们大部分时候都开得很慢。她不坐在我旁边的时候，就会坐在别的地方，无论她坐在哪儿，在我眼中她都是相当光彩照人。某种意义上，我知道她其实并不漂亮，不是像别人会交口称赞的那种漂亮的女孩。毋宁说，她将某种特定类型的女孩的概念延伸到了极致。而对我来说，她碰巧是让我毫无抵抗力的那种类型，一点儿都无法抵抗。她会爬过座椅，坐到后座的行李中间，摊开手脚几乎躺平。然后她会抬头看着天空哀叹，一边自言自语。她那时说了什么，我几乎什么都没听见。每当那时，我就会调整车上的镜子，这样我就能偶尔抬起头，将视线从路上转移到她身上。相应地，她也能从镜子里看到我的眼睛，我这么告诉谈话师。我说，这车几乎是台老古董了。我在办公室里向他描述着这辆古董车，用手比画着车的大小。车上有宽敞的长条式座椅——对那样的公路旅行来说，真的是可能找到的最舒适的车了。她的家庭有着无与伦比的品味。他们拥有的东西没有一样不是品质上乘。他们拥有许多东西，许多许多，全部都是上乘品质。我却相反，几乎什么都没有，我所拥有的那些，虽然也是精挑细选，却不是世界上最好的。实际上，我们刚刚认识的时候，我刚认识拉娜的时候，我都不好意思带她回我家。在车里的时候我们聊到了这个。她在开车，戴着一副大太阳眼镜，几乎是不想跟太阳或是太阳下的人产生任何瓜葛的上了年纪的女人才会戴的那种太阳眼镜。她说这样她能更好地看路。她说，你记不记得我们刚认识的时候，你都不愿意带我去你家？整整三个星期，我一直在求你带我去，而你会对我说，好吧，来我家吧，然后你会给我个地址，而我会去那儿，等我到那儿的时候，那却会是个别的房子——不是你某个朋友的家，就是动物园，要么就是茶馆或者手套店。手套店。她大笑了起来。我可从没让你去什么手套商的店，我说。我甚至不觉得现在还有这样的东西。哦，有的，她说。不过，我的确让你来了，我告诉她。的确让你来了，不过那是在……那个时候，我告诉谈话师，她打断了我，自己接了下去。她经常那样干，我这么告诉谈话师，因为她小时候看过一部老电影，电影里的两名演员深深地爱着对方，他们会接过对方的话，把话接着说完，如此证明他们的爱情。所以，这事刻在了她的脑子里，她很坚持，对此坚定不移——要接着把我的话说完，而我应该把她的话说完，这样就会是个明证。她说，那是在你家被偷了之后。我没看到你的东西放在房子里的样子。反正，你的确，我这么告诉谈话师，把我对她说过的话转述给他，你的确去了我家。我说，我家被偷了，被洗劫一空。我计划过要邀请她来我家，让她看看我的公寓，其实只是食宿公寓里的一个小房间，但我是打算带她去看的，我这么告诉谈话师。我住在一个食宿公寓里，门上只安了把形同虚设的旧锁——用双面齿的万能钥匙就能打开，那种你能买到的钥匙——在锁匠那儿其实就能买到。你甚至都不用破门而入，你可以去锁匠那里，用口袋里的零钱买把那样的钥匙，然后不费吹灰之力就能打开我的门。实际上，我继续说道，我经常怀疑房子里、整个食宿公寓里，谁都能打开别人家的门。所有的锁都是一样的，这是我的看法。不过，我从没有试过去开别的锁。我想过要试，但又怕被发现，因为大部分住客都很少离开他们的房间，他们大部分都闭门不出。反正吧，有一天我回到家，发现门锁着，但房间里空空如也，好像房间被彻底清理过了似的。我的假设是：有什么事情出了错，我的所有东西都被扔到了街上，因为有人以为我没付房租——肯定是房东这么想的，于是他出于这个误解采取了行动。然而，这个想法让我感到安慰，因为我的确付了房租。如果我的东西都不见了，我理应获得赔偿。这也不算很糟，我这么告诉谈话师，关于我想法的变化。不过，在前台，我被告知我的房租都已经缴清，他们清楚这一点，我并没有被驱逐。食宿公寓的经理是一个肤色泛黄、令人作呕的男人，属于那种几乎不剪指甲的类型，他认为指甲不需要剪得像你我那么勤快，他说，这种事最近几乎每天都有，有住客下来抱怨自己被驱逐了。其实就是有贼把你的东西都偷走了，我打赌你拿不回来了。如果你能再看到其中几件就算是运气好的了。一种我以前就有的感觉——感觉或许食宿公寓里的其他人整天闭门不出仅仅是为了保证房里的财物安全，这时又冒了上来。我曾询问过可不可以在门上再安一把锁，结果却被嘲笑了一番。你有什么东西是比锁钱还贵的吗，房东说道。所以，我不该邀请她的，我告诉谈话师。我邀请了她，可我不该这么做。首先，把她带到一个寒酸的食宿公寓——这真是个可笑的念头。谁会带一个那样的女孩子去那样的地方呢？不过，一旦你考虑到我那么用心地，用心得简直无可挑剔，我觉得，去挑选各种漂亮的小东西，把它们摆在这间房间的角角落落……房间只有一丁点大，所以很好布置——并没有用到多少技巧，唯有用心而已，我已经尽力做到了最好。我把东西四处摆好，让房间看上去相当漂亮。我迫不及待地想让她看到这里。我怕她会意识到她的优雅和我时常被迫点头哈腰的艰难处境之间的鸿沟，每个月，每到月底，一个月中最后的那几天我总是分文不剩，在食不果腹中等待着有几个零钱花，可以多少买点东西的日子。然而，她是那么体贴那么温柔，让我觉得我身上还是有些可以为人称道的东西，而且，带她来看这个房间，我也能借此展示我身上一些不为人知的质素——一些她可能还不知道的关于我的事情。这是不是造假还有待分说。我时常在生活中产生这种浮夸的妄想，它们也总是会适时地遭到粉碎。不过，或许就这一次，我想道，然后那天当我回到房间，打开门，走进去发现里面空无一物。我其实就是在那天早上告诉她，晚上八点来这个地址，那是个食宿公寓，我住37号房。她一整天都要忙，到时候会直接来这儿。我的计划是去买两件配得上她品味的东西——去城里最好的面包店买一条面包，再去博物馆区附近的食品店买一小块奶酪。这两样东西到哪儿都不会被比下去，即便是出现在我的房间，那个卑微的地方，也一点儿都不会损害它们的品质。我觉得我可以让她尝到一丁点儿美食，同时也不至于难堪。然而，现在房间里已经一无所有了。我向那个经理反映的时候，我这么告诉谈话师，他说他可以给我一把椅子、一张小桌子和一张小硬板床，但也只是暂时的。他给了我，而我觉得那些正是我房间里有过的桌子、椅子、硬板床，于是一下子有些手足无措。他看到我的反应便说，这儿的人用的家具都差不多，别太在意。然后就转身走了。于是，我坐在房间里唯一的椅子上、唯一的桌子边，看着被推到角落里的硬板床，当时的情形就是这样。角落里有一台热东西的小金属装置，是用螺丝固定在墙上的，小偷这才没能拿走。你记得吗，我们开着车的时候她说，这是我见过的最漂亮的东西。我告诉你，我对你说，她说，这是别人为我做过的最棒的事了。你记得你带我看房间和你的东西时我脸上的表情吗？你还记得我有多高兴吗？她开得很快，我得把身子探过变速杆才能跟她说话。我说，我只是想让你喜欢我。好吧，我喜欢你，她说。我做了什么让她高兴成那样？我问谈话师。嗯，我搞来了一张纸，一卷纸，几乎是一大卷纸吧，很长一卷，还有一支笔和一些胶带。我买了面包和奶酪，还有一个小玻璃罐，买了一个橙子和一个很小的滤网。我回到家，拉出三四段纸，撕下每一段垫在桌上，再把食物放上去。我把桌子挪到窗边，这样路灯就能照到桌子。然后，我就在房间里四处忙活，原来有东西的地方——我的每件财物原来放着的地方——我就在一张小纸片上写下东西的名字，描述一番，用胶带粘了张占位标签上去。于是，她说，当我来到房间的时候，我能看到你原来的生活是什么样的，我可以优哉游哉地在房间里晃荡，阅读你的手写小纸片，了解房间原来的样子。然后，你榨了橙汁给我喝，有点酸，你说你故意选了个酸橙子，说这是个特别的开胃橙，然后我们吃了面包和奶酪，在黑暗里躺倒下来。公路前方是一条隧道，光线暗淡下来，我们高速穿过了一侧山坡，出来时已经在山腰上了，高出一片小山头一大截。之前远看只是个小山坡的地方现在已经成了一座大山，地势从这儿陡然下降。公路一圈圈地盘旋向下通到山脚。远一点的地方，那儿，她说，是个旅店。你看到了吗？我看不到。就在那儿，往那个方向看，她坚持道。我想今天晚上我们可以在那儿过夜。

谈话师咳嗽了一下，我抬起头看着他。你知道吗，他说，我们把记忆看作一种补偿。我们建造纪念碑，表面上是纪念这个人或那个人，纪念这次斗争或那次斗争，但其实，你知道那是什么吗？那是献给记忆本身的纪念碑，谈话师这样说道。我们希望对事物的记忆是有意义的，那是一切的出发点。如果我们不记住发生过的事情，我们就没有力量赋予日复一日的生活以意义。因为，他清了清喉咙，因为我们都像维京人一样，希冀在蜜酒厅[1]里享受着永恒的盛宴，在那儿一遍又一遍地叫嚣着我们的事迹，以取悦我们可怕凶残的同伴。实际上，他继续说道，需要努力的地方并不是记忆。那是人类的秘密，遗忘才是帮助我们越过记忆的伤害继续前进的珍贵慰藉。说到最后几个字的时候，他放慢语速，然后长长地舒了一口气。我们头上悬着个灯泡，灯罩松松的。灯泡突然之间变得异常明亮，因为厅里的灯都已经关了。一个男人把脑袋探进门来，谈话师向他保证一切正常，我们只是要把事情办完。不过一时半会儿还结束不了，清洁工可以先下班，我走的时候会锁门，谈话师这样说道。门关上了。后来怎么样了？他问道。我再度被一种恐惧击中，即感觉我正在向我的祖父倾吐这一切，在讲故事的时候，我一而再再而三地受着这种感觉的折磨。把这样的事情告诉一个我恨过的人，这对我简直不可思议。再加上一开始就感到心烦意乱，这突如其来的恐惧让我感到一阵厌恶。然后，他的眼睛看向了我的眼睛，目光里满是同情。那就像是——当他看向别处，我觉得他和我的祖父十分相像，而当他看着我的眼睛，我又能将他看成一个不同的人，某种倾诉对象。要喝点水吗？他问道。他拿着一个杯

1　蜜酒厅：古代北欧人举办宴会的地方。

子，杯子里已经倒满了水，他将杯子递给我。我喝了水。我们开到了旅店，我说，准备在那儿过夜。她还在开着。这块地方她以前经常经过。她转向停车场，把车随便停在了什么地方。她慢慢停下来，跳下车，把车随意地留在了旅店前，好像那不是车，而是匹马。我喜欢她这样。显然没有别人会来，没有理由不像她那么干。旅店里的人不认识我们，但他们很麻利、很体贴、很实在，他们给了我们房间的钥匙，把我们带到房间，给我们送了晚餐，一碟冷餐肉，多得我们吃不下，然后就告辞休息去了。拉娜说，克莱门特，她在浴室里说，克莱门特，过来。这儿有个大浴缸——比一般的浴缸都大，人都能在里面躺平了。那间旅店就是这样的类型——一间中途小站，供人们恢复必要的精力，好继续上路。这店肯定已经开了很久，我对拉娜说。我出生的时候这间店就已经在这儿了，或者至少自从我记事起吧，我有印象。她就是这么的精确——而且痛恨说假话。有时候，她会纠正自己，在说了什么好几天后，她会突然想起她说得不够确切。然后，她会阐释她想表达的意思，详细地、多角度地，用让她满意的方式。我，一个从来都不够确切的人，确切于我只是痴心妄想和一种浪费，现在却成了她绝妙的确切的主要受众。我们坐在浴缸里，我还记得，我这么告诉谈话师，她想让我告诉她我对生活的期望。告诉我，她问道，她有时会这样问我，你对你自己有什么计划吗？我厌恶这些问题，但我总是表现得温顺平静，总是小心翼翼地避开它们。我有过一个计划，我说，曾经，我想当一个船夫。这想法延续了一阵子，然后我又想当个旅行家，当个马可·波罗。你有什么期望呢？我问她。她说，我们现在变得这么亲近，所以你也开始出现在了我的期望里。如果我们搬去另一个城市，一个我们从没去过的城市，然后一起慢慢了解它——我们可以一起慢慢了解整个城市，那会怎么样呢。我们可以学习一门新的语言，只是为了在那儿生活，我们还可以一起说那门语言。我们可以做生意，一门在这里很普遍所以我们了解的生意，但在那个城市还从来没有过。然后，我们可以坐在店铺里，时不时地卖卖东西，然后我们会过上不错的生活。我有足够的资本，她说，可以支持我们做点那样的事。我们甚至都不用靠那个店铺赚钱，那只是我们的消遣而已。然后，偶尔会有朋友来旅行，来看望我们，我们就能见到他们，他们到的时候我们会高兴得要命。你好，你好，我们会说，他们在那个新地方跟我们待上一阵，然后就会离开，看到他们离开我们也一样高兴。这就是我们未来的生活的样子，她一定先自己悄悄想过，然后才大声地说出来给我听——我们可以过上那样的好生活。我准备好了，我说，去哪儿都行。只需要提前十分钟告诉我。为什么，她问道。十分钟？如果你打定主意要去，你就会去。连十分钟也不需要。十分钟？她假装被这个想法伤到了，我这么告诉谈话师。只是因为我可能要埋一些东西，我说。在一个地方住下的时候，我总是喜欢在我住过的地方附近埋下一些我的东西。然后，我回来的时候，就能有这种感觉——如果我想，我就能把那些东西挖出来。我不觉得我真的会挖，但这种感觉很美好，即便其他事情都变了，一个人还有一些东西藏在地底下。比如骨头，她说。如果真的够勇敢，你可能会留下一两根手指，或者一个脚踝。我会的，我说，如果我觉得那里有什么值得如此深刻的记忆。

那天晚上睡觉的时候，我这么告诉谈话师，我半夜醒来，发现她不在。床上没有人，房间里静得要命。我有一种感觉，就像人有时候会感到的那样，觉得我已经独自一人好一会儿了。我走出门，而她正坐在台阶上，两眼直瞪瞪地，发着呆。天很黑——乡间的黑，几乎伸手

不见五指，而她正坐在这样的黑暗里，独自一人。拉娜，我唤道，拉娜。我在这儿，她说，她就在我脚边。我已经走到了门廊尽头，而她在那儿。我坐下，伸出手，拉娜，然后够到了她。我完全看不见你，我什么都看不见，她说。她的嗓音喑哑着，我靠向她的时候感觉到她的面庞湿漉漉的。你还好吗？没什么，她说。我在想我的父母。可是，如果我们去了一个外国城市，我说，你就要有很长时间见不到他们了。不过，我会见到的，她说，如果是那样，我还会再见到他们的。你指什么？我问道。没什么，她说。我们进去吧。之后，我们开着车，是我在开，太阳在头顶高挂着。我身上的粗麻衬衣迎风飞舞，而她身着一件浅灰色连衣裙，像是缝在她身上似的——在风里纹丝不动。我们在公路上飞驰，天空蓝得吓人。森林越来越深，越来越深了，我嚷道。越来越深。我们快到了，我们停下加油的时候，她告诉我。她灌满了油箱。当她在加油站里神气活现、漫不经心地走动，用毋庸置疑最最假小子的架势加油的时候，那儿的两个员工站着看着她，一时无法挪开视线。我父亲在他小时候买下了这地方，用他的遗产买的。当我们慢慢停下车、当我把车停在小屋前、当我们下车的时候，她又重复了一遍这句话。我把袋子搬上宽敞的台阶，而她重复道，我父亲在他还小的时候就买了这地方。他的父亲去世了，他的母亲也去世了，他不想再住在他住着的房子里。他的阿姨过来照顾他，但他不需要被照顾。他会自己照顾自己，她这么说道，我告诉谈话师。他卖了他住的房子，买了这一栋，和他阿姨一起搬了过来。这对他来说是个重要的地方，所以我大部分的童年夏日都是在这儿度过的。事实是，我已经有五六年没有回来过了。我甚至，她说，从没有过要回来的念头。但现在，我终于又回来了。我的父亲本来会很高兴地加入我们的。她似乎沉浸到了她的思绪中。他可想再回到这里来了。你可以联系他们，我说，让他们过来。不知道为什么，她被这个主意吓到了。那样会……她说，踌躇着，然后她似乎踌躇地决定不再对此事发表言论。她思来想去，最后并没有告诉我她的结论，反而背道而驰。她走开了，开始在房子里探索起来，检查着房子的状况。

我没哭，她坚称。我在楼上的一间卧室里找到她，她蜷缩在床上，颤抖着。你没哭，我说，可你脸上湿漉漉的。她的脸上湿漉漉的，我告诉谈话师，她一直在哭，但我不知道为什么。我用衣袖擦擦她的鼻子和嘴，吻了吻她，我待在那儿，极尽所能地安慰她。我们做爱的时候，我轻轻地说道，感觉真的是无与伦比。过程从来都不容易，这种极度的亲密让我们两个都头晕目眩。我们的第一次是在食宿公寓我的房间，一连好几个小时我们都无法动弹。我们躺在那儿，完完全全地精疲力竭。我在楼上房间找到她的时候几乎也是这样。似乎有一堵堵小小的墙一而再再而三地横亘在我们之间，而我们的肉体之爱正是瓦解它们、粉碎它们的过程。她常常会哭，常常悲泣，然后恐惧和悲伤会转化成欢喜，或者欢喜会转化成悲伤。她对我说，有一次，做完以后，说她觉得任何与肉体有关的事情都不应该是容易的，所有与肉体有关的事情都应该困难重重，全都应该带着极度的无助、使出浑身解数来完成。我说我会一如既往地，做她认为对的事情。她说，不要做任何我说的事情，永远不要。她转过脸去。她又在哭了，无法安抚。一两个小时后我们起身去整理屋子。这是一间狩猎小屋，我从没来过狩猎小屋，也不知道还有狩猎小屋这样的地方，但眼前就是一间。墙上挂着各种战利品，枪到处都是。有个专门放沾了泥的衣服鞋子的房间，全实木的椅子和安乐椅倒扣在长门廊上。树都老得令人难以置

信，几乎是我很久以来见过的最老的树，而房子显然是造在那些树之间。门廊中间就有棵树，支撑着门廊顶。看，她说，这是我以前刻在树上的，她指给我看她在树上刻下的名字。雷娜。我以前这么写我的名字，那时我才，我才，应该是九岁到十一岁的时候。我想有点自决权，所以改了名字。然后，一件可怕的事发生了。什么事？我上学的学校来了个女孩，她就叫雷娜。我一点儿都不喜欢她。她特别粗俗，但她喜欢我，她喜欢我们两个的相像。我还记得老师叫她的名字，多此一举地当着我的面叫，好让我知道周围还有一个雷娜。我被吓到了，觉得很讨厌，于是就把名字改了回来。不过，树上还是这个名字。你应该把你的名字刻在这儿，她说。她从包里拿出一把小刀，我打开刀，把我的名字刻到了树上。克莱门特，我刻下。瞧，我说，我没有改变写法，但我觉得我可能会的。你以为你会，她说，但真的要做的时候，你喜欢你的名字。你没法把它写成别的样子。名字有一种庄严性。庄严性，我重复了一遍。神圣性，她说。我想是神圣性没错，但感觉上意思好像错了。你现在好多了，我说。你不难过了，我告诉她。你看上去挺好，我对拉娜大声说道，我这么告诉谈话师。我不知道是我想让她好起来，还是她真的好了起来，但我们在那儿的时候，我一直在观察她是不是正难过着，她难过的时候，我会微笑，分散她的注意力，她开心的时候，我会说，有些无助地说，哦，你又高兴起来了。说起来，这样反倒提醒了她她的难过。我不清楚她是为了什么难过，她也不愿意说。那儿有个电话，但她不愿意打给任何人。我建议她打的时候，她说，不要，我们已经来了这儿，现在我不想再去别的地方，除了这儿我哪儿也不想去。这儿是属于我们的。我们有这栋房子，附近还有个可以采购食品杂货的小镇。明天起床的时候，我们会步行到镇上。现在我感觉很虚弱，但明天，我想我会好些的。几个小时过去了，她感觉好了一点，我们爬上梯子登到了狩猎小屋的屋顶，那儿算是有个观景平台。我们可以睡在这儿，她对我说。这儿有个状况，如果你一动不动，会有蝙蝠从头顶经过，只相隔几厘米远。我去拿了几条床单、一个枕头，又找到一堆旧衣服，也一起带了上去。我们可以垫着这些睡。这是我的衣服，她说。她拿起一件衣服。瞧，还挺合身的。

事实是，我对谈话师说，她说得对极了。她提到蝙蝠可能会来的时候，我没有完全相信。我以为她大概只是在打比方，或者只是在夸大一桩无须证实的童年回忆。然而，当我们仰面躺在那儿看着夜空的时候，蝙蝠飞了过去。它们飞了过去。一些你从没见过的星星，远得让人难以置信，但又那么真切地在你面前铺展开来，从右到左，从上到下。你感觉它们是被镶在那儿的，所有这些遥远的物体都如此特别地彼此关联了起来。然后——蝙蝠飞速而过，只隔了几厘米。她说这会发生，而现在真的发生了。蝙蝠们飞了过去，不是一只两只，而是成打成打。这样持续了至少一个小时，就在日落的时候。我简直不能相信，她对我说，她攥紧了我的胳膊，向我依偎过来。她撑起身子爬到我身上，她的鼻子紧紧抵着我的面颊。她说，这么多年过去了，但这儿什么都没变，蝙蝠还是一样地掠过头顶。我猜它们是同一个洞穴里出来的，住在一样的群落里。我猜这些蝙蝠是我认识的那些蝙蝠的子孙，十五年前的夏夜里从我脸上飞过的那些蝙蝠，离我只有咫尺之遥。有一次，她说，我哥哥和我在一个早上出发去找那些洞穴。我们告诉了我父亲。我们穿上外套，在一只帆布背包里装上行李就出发了。他坐在门廊上，在看书，我们告诉他我们要去找蝙蝠洞。他和我

们说了再见，告诉我们如果我们找到了蝙蝠洞，那就有一个选择要做，一个人们在找到他们寻找的东西时会面临的选择。你们会回来吗。然后，我父亲说，你们决定的时候应该为我们想想，想想那些对我们好的方面，为我们家未来的生活想想，然后回来。你们可别跟蝙蝠一起待在那儿。我肯定会跟蝙蝠待在一块儿的，我哥哥说道，如果我们找到的话。那样的话，我父亲说，我收回我对你们的祝福，我希望你们瞎转悠几个小时，然后狼狈地准时回到这儿来吃晚饭。不出所料，拉娜接着说道，事情的结局就是那样。我们计划等到天黑，用手电的光来判断蝙蝠飞行的方向，但天开始变黑的时候，我们害怕了。等到开晚饭的时候，我们都已经乖乖地坐在了餐桌边。我猜，然后，我父亲说道，你们没找到蝙蝠，因为我希望你们是、将来也始终是言而有信的人。关于我哥哥和蝙蝠定居的打算，他是这样对我哥哥说的。你得明白，拉娜说，这一切都滑稽得很。对我家来说，这滑稽得很。这也是一件我们从来不会笑话、不会谈论，甚至提都不会提的往事。我告诉你只是为了让你更好地了解我，我想让你了解我。她向我身上靠过来，故作愤怒地在我身上又抓又咬。

早上我们醒得很早，就跟所有睡在户外的人一样，她说她感觉自己很精神。有时候会这样，看她感觉精神还是不济，我们会相应地调整计划。在城里，我每天都能见到她，但不是一整天都跟她在一起，在狩猎小屋站在她边上的时候，我猜，我之前没有了解到事情的全貌。她，在城里的时候，理所当然地，为了在见到我的时候总是感觉精神而养精蓄锐着。她声称她在白天做的那些事，或许并没有全做，或者至少不是投入了全部力量去做的，而且中间肯定会休息。可是现在，在早上，我们站在晨光中俯瞰着山下，她精力充沛，她这样说道，于是我

们准备步行去镇里。我这么告诉谈话师。小镇所在的地方，距离狩猎小屋不远。她父亲，那时还是个孩子，对镇子外的地方有着浪漫的向往。他的父母都是在小镇里去世的，所以他更想和他的阿姨兼监护人，搬到小镇外。不过，他想要能看到小镇。他在那儿生活了一辈子，他了解那个小镇，他想要待在附近，但是又要隔开点距离。他在狩猎小屋住了下来，按着他自己的设计图，在建筑师的帮助下改造了小屋。他将门廊拓宽到了屋外的树丛里，在屋顶上加盖了平台，他扩建了屋子后部，让房子跨过一条小溪，这样就有个房间真的是有小溪流过的。我们往镇子里走的时候，拉娜告诉了我这些，我解释道。她真挚地爱着她的父亲，我看得出来。那是怎么回事，我问道，他的父母是怎么死的。我的祖父母，她说。没错，你的祖父母。我坐在那儿，和一个看上去很像我祖父的人聊到祖父母，这让我产生了一种古怪的共鸣。或许有过一次，我几乎要把这种感觉说出来，真正地面对这个我正在对话的人，解释给他听，但我感觉疲惫而且年迈。那个，我的确说了出来。我告诉谈话师，我感觉自己很老。这是我听得最多的话，他回答道。但老的并不是你，并不是你需要改变，你只是被你的处境、被世界加诸你身上的那些事情压垮了。你身上还有许多年轻和崭新的部分——而且也并不仅仅你身上才有。任何人身上、甚至你能想到的最老的人身上都有。那就是活着的意义——与事物发出的不和谐音和谐共处。谈话师递给我一块布，让我擦擦脸。你可以再说一下，他说，最后那部分吗。你说得太轻了，我听得不是非常清楚。

我不想聊到他们，她恨恨地说。我拿着谈话师给我的布，把这，把她说过的怨恨的话告诉了他。我站在紧挨着狩猎小屋，树木郁郁葱葱的山坡上告诉她，我可以等。可是，只过了一会儿，她就非常干脆地说道，仿佛她已经用刷子掸去了句子上的灰尘，然后再递给我，先走的是我的祖父，一个星期后祖母也跟着去了。我们继续走着，她握着我的手，但一言不发。我们走得很慢，大部分时候都是在不停下坡。在镇上，我们无论去哪儿都有人认得拉娜。先是在杂货店里，那儿的店员——一个和我们差不多大的年轻人——认出了她。他说，拉娜。语调平淡。拉娜。在杂货店外面，她评论道。你注意到这儿的口音了吗？我说，我想是的。你听得出来，她说道，如果一个人说话的时候，听起来像是被话的内容框住了——好像他们苦思冥想了好一会儿才把话说出来似的，那就是这儿的人。倒不是口音的问题，我开始说，而是……一种习性，她说。一种群体习性，没错。我以前常跟那个男孩子一起玩，我想他喜欢过我。我们接着去了另一个地方，她又被认了出来。那是一家卖毛衣和羊毛制品的商店。她买了一件羊毛的长毛衣给我，肩部织有花纹。来这儿，她说，就一定得买毛衣。店里的女孩子长得漂亮极了，她告诉拉娜她不用付钱。拉娜把毛衣拿到收银台，想要付，但那女孩不肯收。她们显然互相认识。拿着吧，这女孩说道。甚至在她对拉娜说拉娜，我好久没见到你了的时候，我都在暗自地想，她一定是村里最美的女孩。然后她们聊了一小会儿，而我走出了商店。我看到她们在偷偷瞄我，这两个异常优雅的人儿。她们肯定是在说我。那时候，想到拉娜愿意被人看到她和我在一起，我在心里感到了一种空洞但是坚不可摧的骄傲。她走出商店，我们继续走着。有家卖葡萄酒的小店铺，里外都摆着些桌椅。就是这儿了，拉娜说。以前我们夏天来这儿的时候，我父亲会坐在这儿，她说。他会坐在这儿，和别的老头子一起玩上一整个夏天的双陆棋。那儿当时一个老头子也没有，我这么告诉谈话师村里的状况。那地方一大半都空着。我们坐吧，她说。于是，我们坐在那儿，然后店主人走出来，拿给我们两个玻璃杯和一瓶葡萄酒。这酒很好喝，她还没倒酒也没尝上一口就说。这个小镇的葡萄酒在全世界都很有名。如果你喜欢葡萄酒，你会很享受的。你看上去很开心，我说。你的状态还不错。我感觉很好，她说。我这么久没来过这儿了。这是个好地方，值得一来。有些东西你没法带走，这样真好，只要……她往杯子里倒了酒，我们坐在那儿。店主人又走了回来。我敢肯定，他说，我肯定你是拉娜·诺森，安德罗·诺森的女儿。我记得你。她承认了，然后她叫了他的名字，他非常高兴。他说他们不再来他的店玩双陆棋了，以前那些来玩的人，因为大部分都已经死了。年轻点的人不感兴趣，但我们还过得去。晚上有足够的顾客，他对我们说，我这么告诉谈话师。我们坐在这座山间小镇主街一侧的一张桌子边，听着这个男人品评他的生意，我这么说。话说回来，你爸爸，男人问道。他还活着吧？他还活着，拉娜说。她家，他对我说，是一个非常脆弱的家庭。这一带所有的贵族都很脆弱。他用手肘亲热地轻轻推了她一下。你已经很习惯了，我知道。我们都习惯了。不过，你哥哥还是死得太早了，实在太早了，他说道。他以前常来，跟你爸爸一起，几乎每天都来，带着那架单筒望远镜，那是什么来着——你爸爸给他的那个枪管似的玻璃玩意儿。他总是举着那玩意儿看。实在太早了，实在太早。他短促、刺耳地咳嗽了一声。实在太早了。

你肯定已经对什么习惯了，我问道。什么哥哥，我问道。我不知道你

真的有个哥哥。他是指什么？店主人已经走开了，我们坐在村子里，街上的一张桌子边，拉娜看着我，她的脸又明媚又可爱，她披散着头发，坐在椅子里的姿态非常优雅，那么地优雅，那景象让我几乎难以承受。我看得出来她又累了，看得出来她不想说话，但她强打起精神，这一部分表现在她抬起的下巴和挺起的肩膀，她的动作将连衣裙顺着身体抻开，她困难地一呼一吸着。如果我曾经爱过什么人，我暗自想道，而我不停地在说，告诉我，他指的是什么？她摇了摇头。我没有对你隐瞒任何事情，我只是还没提到而已。我的哥哥，他很小就死了。我对你说过他——跟那些蝙蝠，蝙蝠。他的死因和我祖父母的一样。我们家就是这样，大部分人都死于同样的原因。所以他才会问起我父亲。尽管，他年纪还不是很大，我的父亲。他暂时还不会死。是什么原因，我问道。我们现在又在走了，我拿着装满了食品杂货的帆布袋，肩上挎着个装了葡萄酒的水壶，我们正在走回山上的小屋。我们偶尔会停下来，好让她休息一会儿，然后继续上路。运动和山里的空气让她的眼神明亮而且狂热，她会看着我，我的突然出现似乎让她非常高兴。这是她不同于其他我认识的人的地方。对于其他人，他们会走进一个房间，而我会站在那儿，他们会看到我并认出是我在那儿，然后才会有事情发生，有行动或者对话。他们确定认识我或者不认识我，事情会从这里直接展开。所有我认识的人，关于我的信息会在他们的脑中激活，然后在某时某地，会有某事发生，而我会陷入其中，或者从中逃离，我会将自己拉扯出来，与之保持距离。那是通常的情况。可是，对于拉娜，每当她不知道我在某处，或者每当她沉浸在自己的世界里，一时忘了我也在那儿，那样的事就会接着发生，我这么告诉谈话师，她的眼睛会突然发现我，然后她的眼中会冒出一种确凿无疑的欣喜若狂。我会看到她整个人都很高兴。她看到了我——

我在旁边！对我来说，这简直难以置信。一开始我并不知道那是怎么回事，后来才明白过来，于是对此我只能感到感激——这是一件我永远受之有愧的东西。在山间的空气里，她坐在一块岩石上看着我，她的眼中闪烁着那同样的光芒。是一种病，她说道，你的身体会失去抵抗力，渐渐地你会死于别的问题。因为总是会有一个别的问题，总是有一个别的问题。克服某个具体的别的问题并无法改变什么。我的祖父死了，我的祖母是他的亲戚——在我的家族中表堂亲之间经常通婚——她一定曾经为此斗争过，但当祖父死的时候，她屈服了。我十五岁的时候我哥哥也屈服了，每个人最后都会屈服。我们谈到这件事时习惯这么说，她说，我父亲对我，对我母亲，甚至对我哥哥，对我的表堂亲、我的阿姨。他屈服了，她也屈服了。过了一段时间，实在撑不下去，于是他屈服了。然后她别无选择，只好也屈服了。你怎么知道自己是不是病了？我问道。你身上出现过任何迹象吗？她眨了眨眼，笑了。她实际上是在大笑，我这么告诉谈话师。我，不会的。不会的，不会是我。我一直都算是健康吧。你为什么会那么想？我说因为她最近有点虚弱。她说，只是海拔的关系。你没有感觉虚弱吗？这里，她说，无论如何，是对这种病有益的气候。所以我的祖父母才会一开始就住在这里。我的家族在这儿置了一些产业，好几百年前的事了，因为这里有助康复。当然，她继续说道，我们很久以前就已经失去那些地了，只剩下那间狩猎小屋。你很健康，我问道，是吗？别说这个了，她说，在我胳膊上轻轻打了一下。我会比你先到山上。然后她开始爬坡，把我甩在后面，我告诉谈话师，于是我只能连忙跟着她，背着我们买的所有东西。我们到家时，她已经累坏了。她两颊凹陷，只能躺在楼下的沙发床上，浅浅地呼吸着。我帮她脱了衣服，看着她的身体，在我身下的床上躺着。我也脱了衣服，躺到她身边。这儿，我们远在天边，她说，不可能到得更远了。你喜欢这种感觉吗？我问她。我喜欢，她说。我一直想要这种感觉。我进入了这样一种状态，我这么告诉谈话师，我跟她在一起，但同时又在很远的地方看着我们俩。我不知怎的可以看见我们在那栋房子里走来走去、做饭、吃饭、打牌或者下棋，坐着喝酒、扯东扯西地直到深夜，或者在长凳上亲密地坐在一起，几乎头靠着头，聊着一些特定大事的重要走向，这些事情我可以从很远的地方看到，也可以近距离地看到。我仿佛是通过自己的眼睛看到的，又好像是通过别人的眼睛。我感觉那是在我周围滋生出来的谨慎。我们在那儿待了四天后，她突然说，我想为我们计划一切。什么计划，我问。一切，她说，我想为我们计划一切，每件事我都想计划。我想趁着我们还年轻，计划我们现在要干什么。我想计划我们工作了一段时间后要干什么，那时候我们还风华正茂，世界也已经高高兴兴，甚至赞誉有加地接受了我们的贡献。我想计划我们的老年，那时我们已经老了，而世界又再度敞开了怀抱——向着我们那时各自拥有的愿望，那时对我们而言一切都已经变了，唯独一件事情除外——我仍然希望你在我身边，我想计划那时我们要干些什么。她对我这样说，我告诉谈话师。这个比我高出那么多的人，不仅仅是就财富和出生而言，而且是就人的综合素质而言。我很肯定，前所未有地肯定，如果有史以来最精英的一群人见到她、审视她、同她说话、了解她，他们会给她很高的评价，高过对我的评价，高到我永远不可能遇见她、认识她。我说，我几乎不能相信这是真的，我们真的遇见了彼此，但那的确是真的，出于某种原因她将我看作了她的同类，虽然在这点上我觉得她错了。她勇敢、强大、率性、热情、聪明的地方，我却懦弱、无力，始终屈服于我不理解、无法理解的那些事情带来的压力。或许我会在一个小镇上做个医生，她说。我们会找到一个医学知识十分贫乏的小镇，稍稍涉猎一点相关的知识，然后我可以做个医生，你可以做我的助手。我们可以为人们做些力所能及的事情，而且不仅仅是为人。或许那个地方简单到动物和人都由同一个人治疗。不是一家专门治人的医院，也不是一家动物医院，只是一家医院。她这么说，有点儿笑话自己，既笑话她做的计划，也笑话做计划这件事本身，但同时也以此为乐。她可不想成为什么医生。但她在教我享受她计划的过程、她的天马行空。我们应该享受一切，她在说，享受各种，享受希望。

你有说服过别人把这事进行到底吗？某个阶段之后？我问谈话师。他摇摇头。从没，从没有过。然后，他更仔细地考虑了一下，考虑了下他说过的这件事，然后他开始说：有个来找我的男人，在我刚开始从事这份职业的时候，谈话师说。那时候我还不太熟练，不知道具体该怎么干。没人知道，说实话。那时我们还在为所有事情整理头绪，整理自己的头绪或是互相整理。不过那时候，那个时期，有许多人，一直都有许多人，需要我们的帮助。我们不能因为我们不知道怎么做这份工作就不干。于是，那个时期，虽然不知道该怎么干，我们还是硬着头皮地干了。我们正是这样学会怎么做这份工作，达到我们现在的专业性的。不管怎么说吧，这个男人，我现在告诉你的这个案子，他一大早就来找我。干我们这行的人有个共识，谈话师说，一大早就来的人处境最危险。深夜或是下午最令人作呕的时候，人很容易会感觉一切都走到了尽头。但是在早上，在阳光明媚的早晨，一觉醒来刚刚出发，就感觉受到了冷漠或是痛苦的无情侵袭，无法脱身，那可就不是一回事了。所以，他早上来的时候，我也才到办公室，实际上，我预感到了有事要发生。他是个图书管理员，一位诗人，出版过许多诗集。这是秘书告诉我的，她赶在男人之前走进了我的办公室，好让我了解情况。我只是想让你了解更多细节，她对我说。换作现在，我可不会允许这样的事发生。你也看到了，我们完全没有秘书，在这桩事业里秘书无关紧要。另外无关紧要的是——被提醒要注意什么。我需要知道的所有事情，当事人自己会告诉我。这点至关重要。谈话师变得格外激动，他挥了挥他的拳头。一个人有权戳破他们自己的伪装，向我展示其表面的存在状态下的真实面貌，这至关重要。不过，那个时候，他沮丧地继续说道，我还没有理出那些事情的头绪，于是我被预先提醒了。我把男人叫进来。其实，我以前读过他的一本诗集，我其实还有一本他的诗集，一个朋友送的。那是些好诗。我不喜欢诗歌，因为它们大部分都很拙劣，谈话师向我吐露道，但诗歌好起来可要比任何东西都好，好过电影、小说、戏剧、歌谣，谈话师这样说道。他不停地说啊说啊，然后我意识到我没有跟上他的思路。我觉得很累，几乎已经迷迷糊糊的，但还没有睡着。我只是在发呆，在那儿坐着发呆。他还在说，我试着倾听。他说，虽然，好诗很少，但其中有一两首出自这个男人之手。我犯了一个错，在我们的谈话中，当他告诉我他对他未来生活的期望，而他又多么希望自己与之毫无干系时，我引用了他在他的一首诗里用过的一个表达，这一步我走错了。我不知道是怎么回事，我肯定，我的脑子肯定在他说话时暗自重复吟诵着这首诗，在他说的话和我读过的东西之间进行着比较，于是这句话冒了出来，出现在空气里，而我一把抓过它，想要对他说些冷静、温柔的话。但是，冷静、温柔的话没有说成，我反而触发了可能想到的最糟的反应。尽管在我说话前，我们坐着的地方是完全安全的，对他而言是个可以冷静下来的地方，算是一片他可以远眺其他生活的高地——一个他可以忘却自己生活的伪装、探索新事物的起点，尽管情况原本是这样，我一说了那句话，那突然间就变成了一个有人认识他、他可能会受到评头论足的地方。那一刻他失去了他的个性，沦落为了某种街头艺人。那就好像我请他像只熊一样跳舞。不过，或许塞翁失马，焉知非福吧，谈话师接着说，因为，另外我还没说到我告诉你这件事的原因，这件事促使我想出了一个犯错后重新站起来、让他恢复平静的办法。你有自我认知，并且在讲述你的生平、你的故事的时候传递着这种自我认知，他也跟你一样。不过，他的自我认知被完完全全地荼毒了。他就跟孩子一般脆弱，不是在你坐着的这张椅子里，而是在另一张与之非常相似的椅子里，不是在这间办公室里，而是在另一间一模一样的办公室里，这间办公室的镜像。我对他说，将事物彼此区分是个谬误，我们所有的痛苦都由此而来。长期以来，你一直在分辨事物，寻找着事物之间最细微的差异，直到你能够说出这片叶子缘何与那片不同，或者一扇窗，一扇高得不可企及的窗户如何包含了我们所有的无助感，以至于你仅仅追求区隔，哪怕在你自以为一无所求的时候。我们有一个方法可以帮助你。你可以重新开始，很容易就能重新开始做人——不是做这个人，或者做那个人，而是做一个人。你可以一直那样下去，我们可以为你提供一种宽泛的生活。于是，有史以来第一次，我违反了规定。我们永远不应该试图说服任何人，那不是我们的职责所在。不过坐在那儿的时候，我很确定我已经摧毁了他来时的决心，而且他不会再回来了。事实上，我说服他接受了治疗，当天就为他办理了手续。扯远了，他说，扯得够远的，但回答了你的问题。如果你问，我就会始终尽量告诉你真相。他整理了一下他的西装，瞧了瞧裤腿上下，好像那儿沾了东西似的。我在听他讲话，但不是听得很认真。我的注意力还在山里面，还在用我特有的方式假装坐在拉娜身边，看着她，也被她看着。于是，我继续告诉谈话师，对谈话师说我从没好好想过自己的事。我继续说道，我总是漂来漂去，身边的事物里想得最少的就是我自己。有人超过我的时候我从来都不感到委屈。但是，她，她会感到委屈，我可以想象，听她说到我，为了我好。她比我自己更为我着想。所以，除了谈谈计划，别的她什么都不需要。她对我们未来的设想十分庞杂。她编织的所有梦想像墨在水中晕开般铺展开来——我们会有一个花园，一幢带花园的房子。在房子的屋顶和围墙上种上花草，用石子和苔藓铺出园中的小径。房子要安上厚厚的玻璃窗，像舷窗一般。不，房子没有窗户，一扇也没有。我们会住在外面，基本上就住在花园里。不，我们会住在房子下面，住在地洞之类的地方，时不时从地洞钻进花园，我们大部分的时间都花在了照顾这个花园上。那里冬暖夏凉，可以用上好的木材弄个北欧水疗，妙极了。窗户可以用纸糊。窗户纸破了，换新的就成。她简直着了迷，点子源源不断地冒出来，源源不断。我觉得这些想法在扰乱她，这场关于我们未来的谈话在让她变得虚弱。我肯定她正在虚弱下来。似乎这里的海拔，这噼里啪啦的一大通话，这一通又一通她说给我听或者我说给她听的话，正在使她疲惫。可是，她生起气来，居然还用冷冰冰的口吻对我说，如果我不想谈这些，那我们就不用谈。但当然，我想谈——于是我们又谈了起来。然后，她突然又高兴了起来。我们坐在房子里的沙发床上，她说，你知道吗，我拿到过一个学位。学位，我问道。一个学位，她说。坐在沙发床上，她告诉我她拿到过一个哲学学位。我上学的那所学校，他们专教哲学，那是所专教哲学的学院。我们也上数学课、科学课和文学课，但所有这些，都是为学习哲学服务的。那里的理念是，她向我讲述道，离开了哲学，一切都会变得毫无用处，因为，没有适当的哲学的指引，人就什么都不会应用，永远不知道如何应用他的知识。那样的话，一个人就只会模仿其他人、追随其他人，就永远没法靠自己应用什么。她告诉我她修过一个教授的一门课，他那门课是研究延斯·利斯尔的。利斯尔是一位伟大的哲学家，她说，但他籍籍无名。没人想上这门课，一个人都没，除了拉娜。于是这位对她本来就评价甚高的教授，对她说他们可以把这门课搞成一门论文课程，她可以写一篇研究利斯尔的论文，如果她真的对他那么感兴趣的话。她大笑着告诉我这些。她只是出于一时心血来潮才选了这门课，因为她喜欢延斯·利斯尔这个名字。但教授相信自己看到了她的严肃。他把拉娜叫去了办公室，真的把她叫去了他在常春藤环绕的教学楼里的办公室，经过了秘书处和所有其他的办公室，他让她坐下，然后说，诺森小姐，我觉得你比其他大部分学生都要严肃，我相信你能够为目前对利斯尔的研究贡献一份力量。利斯尔，延斯·利斯尔！她大笑道。一个我甚至听都没听过的名字。我没读过利斯尔的东西，我说。我想也是，他告诉我。这是个实实在在的提议。于是，在我学业的最后两年，我没有像其他学生一样上任何常规课程，而只是修了这位教授的这一门课，利斯尔，我们写了几篇关于利斯尔的论文，还是一起写的，既有我的贡献也有他的贡献。然后我跟拉娜说，我这么告诉谈话师，说我从来没听说过延斯·利斯尔。没有人听过，她说。事实证明，他是某种杂糅体，作为一种必然性哲学核心的杂糅体。有时也被称为现代必然性，或者新必然性，是一种对决定论的反思。我们花了两年时间一起研究这些概念。我们开始的时候我才十九岁，将近二十，当我们完成的时候，我已经二十二了。我毕了业，以后再也没有想过与此相关的事情，再也没想过。有时候，教授会写信给我，但我不会读。我想，她说，他爱上我了。你总是那么说，我说。她脸红了起来。她总是非常当真。我真的认为他爱上了我。我告诉她我一点儿也不觉得奇怪，所有人都会爱上她的，只要有足够的时间。可是，如果他们真的了解了我是谁就不会，她说，像你这样了解我。到那时候，我说，大部分人都会抛弃你。我附和道，并且告诉她任何人，真的开始了解她后，都会立刻甩掉她。这逗极了，我们哈哈大笑了好一阵。我不是出于骄傲才告诉你，她突然说，我获得了一个学位的。我不以之为豪，也不以之为耻。像我生活中的大部分事一样，我既不以之为豪，也不以之为耻。只不过，如果你不知道我花了这么长时间研究那样的东西，你会很难理解我。我切胡萝卜的时候你可以想想，可以更好地理解我一点。

我提议第二天如果她精神够好，我们就走另一条路去镇上。她想去，但觉得我们应该再多等一天。我坚持那样对她有好处，多等一天只会让她懒散下来，恐怕要等到我们回到城市里她才能摆脱这种懒散，那样的话，我们就又失去了一次看看镇子的机会。我们可能永远不会再回来了，我说。哦，我们会回来许多次的，她不同意我的看法。不过，我还是逼她出了门。我们走了四分之一的路的时候，我才意识到这是个多么糟糕的提议。她累垮了，几乎站不动。我们站在高山上的一片林中空地，小径从一边通往山上，从另一边通往山下。就连植物也看上去蔫蔫的。我没法继续走了，她说。她什么都没说，她永远不会说她无法再继续。那不是她的风格。相反的，她坐在那儿，无声地抽泣着。那是她放弃的方式。我把她带回小屋，再次把她安置在沙

发床上，给她准备了点水和食物。然后，我开车下山，到镇上去买东西，然后回来，为她做晚餐。晚上，她感觉又好了点，尽管我从没见过她那么虚弱。她已经脱掉了外出的衣服，只穿着一条宽松的裤子，裹着一条围巾。她躺在床上，头搁在一只枕头上。我走进房的时候，她笑了。我又带着晚餐进去的时候，她坐起来，拿掉了围巾，向在房间中央的我走来。她精力特别旺盛，当时，我告诉谈话师。但是，我们一结束，她就又虚弱了下来，我几乎是一勺一勺地喂她吃晚饭的。

吃完晚饭，我告诉了她我去镇上的经历。我告诉她那个卖酒的又跟我说起了她哥哥的死。她说他总是把这挂在嘴上。他的一个儿子是我哥哥最好的朋友之一，他的死让那家人非常难过。实际上，那个卖酒的还可能是她排行第五或者第六的堂亲，是关系非常非常远的远亲。我向她提起这事，提起我跟那个人的对话，是为了抢占地盘。我想让她感觉我对小镇和她的过去是熟稔的，即便没有她在身边，我也能设法了解到她和她家庭的过去，而且，人们已经将我认作了和她有关系的人。当我说卖酒的告诉了我更多关于你哥哥的事的时候，所有这些都隐含在我的话里。但是，就算这句话起到了我想要的效果，那我也没有发现。她反而因此陷入了一种悲伤，满脑子都被家族的病症占据。她想和我聊聊这件事，现在她愿意告诉我了。家族的病症。之前，她对此对我只字不提，但现在或许该让我知道了，既然如此，为什么不是由她来告诉我呢，而不是让些陌生人来告诉，比如这个卖酒的，他毕竟并不了解事情的原貌，或者真实的信息，只是不断由着自己的想象为故事添油加醋，她大约是这么想的。你不会相信，我告诉谈话师，她把这些心理活动、关于她家族的病症的神话解释得多么仔细。她对我说她以前从没对任何人、任何不完全了解这种病的人提起过这

种病，所以，她可能会讲得磕磕绊绊的。她不习惯面对别人对这个话题的无知，因为她家中的所有成员都比她更早就具备了与之相关的知识。但她还是会尽力解释。她对我说，在她家自古以来就拥有土地的地方，他们一向都被视为一家弱不禁风的病秧子。他们的病几乎等同于他们。一个接着一个，七百年来，自从这个家族开始存在，这种病就一直在反复地出现。摆脱它的唯一办法，她吐露道，就是死在某种伤害事故里。即便在如今这个医学发达的年代，也没有任何进展。为什么？因为，她说道，要这个世界投入医药资源去研究一个只影响0.000 001 4%人口的问题，这样并不值得。我不知道这个数字是不是确切，她说，但就算不是，也是个差不多的数字。我的家族在文艺复兴时期曾经非常富有，比现在要富有得多，他们为了研究出一种治疗方法，专门聘请了医生。凭当时的医疗状况，这当然是徒劳的。他们还试图用炼金术来治疗。这可不是个玩笑。他们为了拯救她的家族，在炼金术上耗费了大笔的财富。如果真的有用，她哥哥现在还会活着。实际上，在她哥哥去世之前，当她可以允许自己更频繁地思考这种病的时候，她曾想到过，而且还真的对她父亲这么说过，这些钱全都白花了。白花了？她父亲并不是很明白。他的女儿，才八岁大，站在他面前告诉他他们十五世纪的祖先挥霍了家族的财富。她会是什么意思呢，我这么告诉谈话师，她那么告诉我，解释她父亲听到他年幼的女儿的话时的心态。我告诉他，她继续说道，如果我们的祖先能省下这笔请医生的钱，相当大的一笔钱，将这笔钱用复利存起来，一直存到现在，医学总有一天会发生改变，变得有指望，真正地有指望，好比现在，而不是像他们那个年代一样没有指望，这时我们再用这些钱聘请科学家和医生来研究治疗方法。她的父母非常喜欢这个主意，经常把这个故事当作他们女儿人小鬼大的事例，在晚餐会上讲起。他们不厌其烦地讲，拉娜在沙发床上依偎在我的怀抱里，这么对我说道，以至于我都听烦了，我再也不想听到这个故事。但是我现在告诉了你，因为现在听到这故事自有其意义。另一个提议，一个非常好的提议——是在十九世纪的时候，由家族中的一位女性提出的，她后来成为了一名女修道院院长，她真的离开了家，成为了一名女修道院院长。不管怎么说，她年轻的时候曾经有过一个想法，那时她还没离开家。那个想法就是：我们可以通过和别人结婚来解决问题，而不是在自己的族群里通婚。和我们之外的人养育后代，她这么说道。虽然这个建议获得了郑重的对待，却没法实现。为什么不行？我问她。原因是：我们家几乎没人受得了眼前有外人在场，也受不了和他们说话。虽然某种程度上我们算是个人丁兴旺的家族，虽然每一代都有七到十个孩子，每幢房子都人满为患，她说，但我们确实是一脉相承。表堂亲之间互相通婚，偶尔还会有亲兄妹结婚，为什么？因为我们全都太敏感了。我们就是受不了和别人说话或者相处。因此，家族中滋生出了一种心照不宣的感觉，那就是，这病完全是我们咎由自取。她告诉了我这些，而我告诉了谈话师，和她一样加重了语气，是我们咎由自取。我父亲，举例来说，她继续说道，不会死得冤枉，既然他的父母受不了普通人的陪伴。我哥哥死得一点不冤，既然我父亲受不了我母亲以外的任何人。可是，我说，你和我相遇了，我们现在在一起，这又怎么说呢。如果我们将来有了孩子……我觉得我没有必要告诉你，她说，我的家人对你的总体感觉是什么样的。他们觉得令人遗憾，但我们不应该逃避这个事实。她把头靠在我的脖子上。那不是你的错，她说，但他们确实不怎么想看到你。他们有，你明白吗，某些他们想要谈论的事情，而且他们只想谈论那些事情，他们只想用特定的方式来谈论那些事情。你可以想象一下自己，或许，就现在，我们坐在这儿聊天的时候，要想办法，通过仔细的研究，区分出那些我父母、他们的兄弟姐妹、我的姑姥姥和舅老爷们，那整整一大家子人，坐在长桌前或者凉亭下聚会时，会想要谈的事情，那都是些什么样的事情，又不是些什么样的事情。你现在觉得你可以区分出来，她又用到了这个词，这些事情，觉得这样你就能令人赞叹地参与到这样的谈话里。可是，其实，事实并非如此。你会开口说话，然而一开口就会步入歧途。你会欠缺一种措辞的精妙，人群中会蔓延开一种感觉——那就是鄙夷。那完全不是你的错。亲爱的，我觉得你和他们一样好，和他们每一个一样，甚至和他们全部加起来一样好。难道不是我提议说去一个外国城市的吗？我不是昨天还是前天才说起过？我的确说过。可是，对他们来说你还不够好，不是你想要的那样。当我跟他们在一起的时候，听到你走一步错一步，甚至连我也会觉得难堪，即便我那么支持你。即便当我们谈论，像上次你来我们家时谈论的那些事情，你现在明白让你到我家来是多大的事了吧，但我还是一再地邀请你来，你难道不明白那意味着什么吗，好吧，上次你来的时候——有人说了，我父亲，他说了一个他工作上的故事。你记不记得，他说他要给赫鲁伊茨费尔特水坝做个检测，和他的两个弟兄一起，顺便说一句，都是业余的，我们家的人没有一个有什么职业建树，不过政府还是会经常咨询他们各种各样的事情，因为他们高深的造诣。你记不记得他说水坝的问题不是物理上的，而是经济上的。政府在维护水坝的时候，或许还会站在赫鲁伊茨费尔特那儿亲自用手指堵住水坝。这就是赫鲁伊茨费尔特水坝如何拖累了整个省份，导致其无法在任何领域采取有效的行动的。你记得那时候你说了什么吗，回应的时候？她记得，我告诉谈话师，整个对话，一个我已经忘得一干二净的对话。我只能说我不记得了。那一刻我想要为她成为一个能记住所有事情的人，一个或许因此，不论多不可能，可以有机会赢取她父亲的尊重的人。但即便是这场关于对话的对话里的这样一个小插曲，即便在那儿，她的家人都不在场，我还是不得不屈服，解释说我不记得我说了什么，我羞愧地这么告诉谈话师。他没有回应，等着我继续说下去。

我能再要一杯水吗，我问道。他点点头，走到大厅里去拿水。他之前给我水的时候，我没注意到他走开过，但或许他走开过。他回到办公室，站在那儿，递给我杯子。我接过杯子，喝了水。他坐了下来。我很尴尬，我说。她以前从没说起过这些，而现在，在山里，我觉得我们正在离我配不上她的关键原因越来越近。于是，我告诉谈话师，在沙发床上，她非常严肃地对我说，她说，我的父亲，在三周以前我们家的那次谈话里，他大声提到了他的心头肉，赫鲁伊茨费尔特水坝，据我所知，他以前从没这么做过——他总是叫它水坝或者中流砥柱，在这次谈话里他提到了水坝的名字，这已经够和蔼可亲、够体贴的了——而你告诉他，振振有词地，或许可以用其他能源来替代水坝，你说得不紧不慢，说得那么轻巧，其他能源，然后省里就不用靠水力、不用靠那类能源了，毕竟这只是诸多能源之一。毕竟，你在民营公司工作的时候，曾研究过其他形式的能源，你这么说。水并不是终极的目的与手段。你只是在就事论事，没有任何敌意，但你造成的冒犯巨大无比、突如其来。目的与手段，你当时说出这些词时的冷酷无情我还特别记忆犹新。整张桌子的人都被吓到了。我的父亲跌回到他的椅子里。把赫鲁伊茨费尔特水坝，庞大的赫鲁伊茨费尔特水坝，说成一种花瓶建筑？宣布我们的成果、我们父亲的成果、他们父亲的成果，只是个错误？赫鲁伊茨费尔特水坝？我难道说的不是那座水坝

而是别的水坝？听到我父亲被这样对待，拉娜说，是很可怕的，确实，她从没见过他那样回应别人，也从来没那个必要。你记不记得我替你说了几句，说我们当然只是在十分理论地讨论这些。我们，在一幢距离赫鲁伊茨费尔特水坝十万八千里远的房子的饭厅里，其中有些人从没真的去过水坝，从没亲眼见过水坝，是在极其理论地探讨这个话题。我告诉他，她说，说这位年轻人，也就是你，明白问题不在赫鲁伊茨费尔特水坝，而在于省政府和行政区域图。或许，我建议道，她告诉我，或许，我对我父亲说，另一个选择是重画我们省的行政区域图。她这么告诉我，回忆着她和她父亲的交流，而我这么告诉谈话师。你记不记得，她说，当我的声音，带着大家熟悉的节奏，刚在饭厅里响起，我父亲的神色看上去就缓和了下来？你记不记得当他被我明白事理的措施——建议得如此之快——打动时，他是如何立刻恢复平静的。他仅仅是点了点头，又吃了口东西，这事就翻了篇。唯一的蛛丝马迹是我们起身离席时，他先借故告辞了，他提前去睡觉了。你还记得吗？她捏了捏我的手，在沙发床上。那不是你的错，她说，但你绝对无法理解他，或者他们。那就好像努力在公路下面赛跑，而其他人都在公路上跑。你无论如何都会是最后一名。我们在那儿，坐在她父亲儿时买下的小木屋里，而我了解了这件无比重要的事：我永远都无法成为她家庭的一员。另外我还了解到了其必然的后果，一件同样重要的事：她不在乎。我们会一起远走高飞，再也不见他们。她会偶尔回去探望他们，但我不会到场。毫无理由地不到场，她说。她以筹划我们生活的这些细节为乐。对她来说，我的漂泊无依、无父无母、和人鲜有联系、寄居在食宿公寓、在小笔记本里记下微不足道的想法、被人不屑一顾——对她来说，这些好极了。我的无足轻重让我可以立刻彻底融入她的计划。她是一个，我对谈话师坦白道，如果某事有一丁点儿不现实她就提也不提的人。她不想把时间浪费在不现实的计划上。对她而言，她在其中领略不到半点乐趣。不过，因为她家的巨大财富，许多在我看来一开始就有点愚蠢或者不可能的计划，对她来说却是完全合乎情理，甚至势在必行的。我可以被毫无疑问地纳入她的计划，于是她可以毫无挂虑、兴高采烈地计划那些她想做的事，也让这些在她脑袋里不断充盈起来的计划显得更加可信，可以被大声地说给我听，可以被讲述。我从来没有，她告诉我，和别人一起做过计划。甚至和我哥哥、我深爱着的哥哥都没有，甚至我其他所有的哥哥姐姐们，我还是孩子时他们就已经长大了，就连他们都没听到过我做计划。他们认为我没有计划，认为我每天过着没有计划的日子。对他们来说，这当然是合情合理的。他们特别恪守我们家的传统。你会，我肯定，会在一个又一个你必须出席的家庭活动里，简短地见到他们所有人。你会看到他们全都是一个模子里刻出来的。在某种程度上他们认为我是个狂野派。比如，我有家族之外的朋友。我母亲从没享受过这样的自由。确实，我还去了外地上学，又一个奇怪的地方。你可以说我是我父亲的某种实验品。一个成功的实验，我告诉她。是的，很成功，她同意道。我们要不要去外面待会儿，我问她道，因为下起了雨，雨点滴滴答答地敲打着门廊顶。我扶着她坐到门廊上的一张椅子里，我们坐在那儿，看着雨。有时候，她告诉我，我感觉我们像是在云海里。这当然只是胡言乱语，这儿没有那么高，但有时候我喜欢想象我们在那么高的地方。我向云朵望去，觉得她说得很对。她说我们在云海里是对的，说我们不在云海里也是对的。一阵小小的快乐随之而起，沿着我的脊椎荡漾到衬衣袖口。然后，拉娜异常严肃地看着我。谢默斯·门多尔斯老坐在那张椅子里，他是我父亲的死对头。他会来我家玩，然后他们会气鼓鼓地一连争论好几个小时。对他来说什么都不够好。他气我父亲没有过上他谢默斯·门多尔斯期望他过的生活，气我父亲生了些没达到我父亲应该达到而没有达到、但他谢默斯·门多尔斯期望他达到的高标准的小崽子。谢默斯·门多尔斯喝起酒来是个无底洞，几乎去哪儿都是醉醺醺的。他可以像个逻辑学家般推理，无论别人说什么他都要吹毛求疵，好像那是谈话必不可少的功能，即便把谈话浓缩到最基本、最有用的精华后也不能舍弃。我们所有人，甚至包括我父亲——一个所谓的完人、一位真正的绅士——领教到的逻辑课，那些我们在我的童年夏日里从谢默斯·门多尔斯那儿领教到的逻辑课，真的让人受益匪浅。谢默斯·门多尔斯痛恨一周七天，他讨厌十进制计数法，坚决反对需要拉链或是摁扣的衣服。他在写一本书，始终在写一本书，这本书在将来的出版将会拨乱反正。除了我父亲没人读过这本书。他从来不提这本书，不过有时候谢默斯会对我父亲说，只是在他们谈到其他东西的时候顺带一提，正如3：12：92所说，指的是书中的段落。然后，我的父亲会点点头，并且心领神会，对谢默斯·门多尔斯的这部作品他就是如此熟读。我哥哥不够优秀，对谢默斯·门多尔斯来说，我哥哥简直是个笑话。我另外那些哥哥姐姐虽然早就已经长大，但是谢默斯·门多尔斯坐在这个门廊上看着长大的，那是在我出生很久以前。他们，如果有什么不同的话，是比我哥哥更大的笑话。无论对谢默斯·门多尔斯来说我哥哥是个多大的笑话，在他之前出生的那些哥哥姐姐都是比他更大的笑话。我父亲能创造出那么多的小生命，而他们中没有一个，一个都没法采取行动去完成我父亲理应完成的事业，对谢默斯·门多尔斯来说，这令人恐惧、悲伤却又不可避免地证实了这个世界怠惰成性的冷漠，这个世界无动于衷的不折不扣的冷漠。它怠惰成性的冷漠。他举棋不定，他会坐在椅子里反复地重复着这个或者那个。我的降生，倒是让谢默斯·门多尔斯挺欢迎的。他把我看成是我们这个堕落之家里的一股清流。她可就好多了，他会一遍又一遍地告诉我父亲。但那当然不是真的。我知道的所有事情我父亲都知道。这还不算，他还知道那些我想都没想过的事，还对此游刃有余。而我呢，只是在做着粗浅的尝试而已。谢默斯·门多尔斯都看在眼里，他带着鼓舞人心的快活劲儿奖励了我的那些尝试，一次不落。是他提议让我去上大学，在公立学校受教育。他和我父亲谈了谈，于是我成了他们的一个小实验。谢默斯·门多尔斯死在自己家里，就在那边那条路上，他死后我父亲说，我再也不会回来。从那天起他就再也没回过这个镇子。亲爱的谢默斯·门多尔斯对他就是如此重要。我母亲，我父亲不会受不了她。他可以日复一日地和她说话，一起生活。但是，我想谢默斯·门多尔斯才是他最喜欢共度时光的同伴。你现在坐着的这张椅子正是他坐了许多年的椅子。倒是不会有感应到他的影响这种事，谢默斯·门多尔斯并没有在那张椅子里阴魂不散。不过或许你可以欣赏一下他的看法，感受一番其意义。我小时候在这儿的时候，除了谢默斯没有别的人坐过那张椅子。我父亲并没有定过什么规矩，也没有强求过。这只是一个不言而喻的习惯。

那天下了一整天的雨，第二天也在下。雨终于停下来的时候，我又做了个提议：去开车兜会儿风。有个老磨坊我们可以去，我在路上见过，我这么告诉她。我从没去过那儿，她说，虽然我在这儿住了这么久。我们经常经过那儿，那里弥漫着一股神秘的气息。我喜欢去那儿的主意，她告诉我。我们带上些东西，在那儿野餐吧。她穿衣打

扮的时候，我开始告诉她我曾经的一段经历。好多年前，我说，我刚加入民营公司的时候，去了很多很远的地方。在其中一个地方，我们正在两个小镇间造一座桥。那时候的想法是这两个小镇，分别坐落在河的两岸，当桥造完的时候，就会变成一座城市。虽然两个小镇间积怨已久——一段可以追溯到几十年前，或许甚至几百年前的往事，一段仇恨，我们还是相信这座桥会解决所有的问题。我们住在河一侧的帐篷里。这是共和国里比较晚开发的部分，还存在一些其他地方都没有，也不再会有的举措。监狱就是其中之一。我和另一个工人，一个年纪大点的男人，以及另外三四个年纪大点的男人共用一个帐篷。有一天，他发现有人翻了他的东西。他发现有人拿走了他的一些老照片，他妻儿的照片。我那时候还不明白这有什么要紧的。那超出了我的理解范围，但他大发雷霆。他在帐篷外面和其他人对峙，其中一个人是他认为、他确信偷了他东西的人。我们造桥用的是很重的钢索，营地附近有一些残件，切割下来的残件。他操起一块残件，向小偷砸去。我以为这一下应该没什么大碍。钢索很重，非常重，而那一击非常缓慢。我看着他的手臂缓慢地在空中划过。那个小偷没有任何反应，他似乎僵住了。钢索向着他的头部飞去，把头打离了原地，把头打到了大老远之外。拿了照片的那个人倒在地上，彻底死了。他或许在身体着地之前就已经停止了呼吸。就是这样，我告诉了拉娜，在她为我们的外出穿衣打扮的时候。她热爱这类故事，从她把衣服穿上身的样子我可以看出来她听得很愉快。讲给其他人听时我可能停顿的地方，因为发现吓到了他们，在讲给她听时我却会继续说下去，我这么告诉谈话师。我告诉她那个男人当然就被带走了。他被监禁在一个不到十六千米远的地方，那里有个法庭宣判了他的命运，他被送进了监狱。我在桥那儿又干了一年，差不多每周都会去监狱看他。那地方中等大小，四周竖着高压电网。我会抵达那里，那儿还有别的人在等着探监。我们会站成一列，到了点就进去。站在那儿等的时候，我们会互相聊天。我记得我第一次去的时候，和一个与我年纪相仿的女人站在一起，她的丈夫在坐牢。她问我是来看谁的，我告诉她是一个朋友，一个经常和我一起打牌的朋友。我有点忘乎所以，开始天花乱坠地讲起了他的故事。我自己也不过只是个远离了我自小长大、满是我生活轨迹的地方的年轻人，我在那儿自身难保，而在对这个年轻女人讲述我朋友的状况和遭遇的时候，我言过其实了。我说他没有得到公正的判决，他那么做有他的理由，而且是站得住脚的理由。我说得头头是道，解释了他为什么不应该坐牢的来龙去脉，想当然地认为我们、我们所有人、她和我，以及队伍中的其他人，都遭受了不公正的对待。我猜想她丈夫是在坐冤狱，或者我是讲着讲着才开始这么猜测的。虽然在我开始我那愚蠢的小小演讲的时候，我就知道我朋友有罪，而这个女人，她的丈夫可能也有罪，到最后我还是忘了形。我试图通过我的讲话和她建立起同是不公正受害者的同志情谊，她却毫无此意。她转过脸去，甚至不愿意看我，她说，我丈夫坐牢是因为强奸了一个住在我们楼下的女人。他没有被探监的权利，但我还是来了，我不知道为什么。我站在队伍里，颤抖着。这时候，我告诉谈话师，当我把这些告诉拉娜的时候，她没有像其他人一样被吓到，一点都没。所有听过我这个故事的人都为之感到不齿，用一种前所未有的悲哀的眼神看着我。我有这样一个故事，而且还有冲动把它讲出来，这真是可怕极了。如果这个故事是真的，那么它糟糕透顶。如果它是编出来的，那几乎就更糟了。哪个更糟呢，编造还是事实——真的很难说。我的故事通常受到的礼遇就是那样。但拉娜，只是脸色明亮了起来。她已经穿好了衣服，正在往肩上披一件轻型夹克。她对我说，我想去看看那座桥，可以吗？

我们出发向磨坊驶去，远处，我们看到暴雨正在退去。我们在追逐风暴，我说。然后她让我想起了她买给过我的暴雨风险警示图，我们不知不觉又说起了我在食宿公寓的房间。你有没有，我问谈话师，有没有人为你做过什么你实在回报不了的事情，于是你只能激动不已但又无能为力地站在他们面前？我就是那样。当我带她去我房间的时候，那个简陋的食宿公寓，一半的窗户都用木板封了起来——还有人住的房间都用木板封了起来，那是一间食宿公寓，因为有人住着，但也因为它就快散架了，就靠着些破木板撑着[1]——我把她带到那儿，让她看了我的房间和里面家徒四壁的景象，而她却表现得通情达理，高高兴兴、欢欢喜喜的，甚至还更加爱我，然后就走了。事情这样进展已经是个奇迹了，但之后发生的事情却是这样。我去我工作的古董店上班，晚上回家的时候，并不指望一切有什么变化——照例是几页不值钱的纸、一张硬板床、一把椅子，但我看到的却是这样：我送了她一件礼物，我把无数张纸条贴在东西不翼而飞后的空位上，算是替代吧，如此向她展示了我的生活，好让她了解在她遇见我的时候，她遇见的是个什么样的人。很久以来，我一直在向她隐瞒我的情况，隐瞒我东拼西凑的物质生活，但我终于向她坦白了，结果却一败涂地。我等得太久，最后东西都不见了。不过，我还是这样模拟出了我的生活，作为替代给了她。我知道她有多聪明，知道她可以理解我的描述，马上就能把所有这些信息拼凑起来，可以想象出房间原来的样子，然后对我作出评判。我想要那个评判，所以才给了她这件礼物。

1 此处为双关，因为“board”既有提供膳食也有木板之意。

然后，接下来的几天里她又来了我家，她又来了我家，而且，一定还有人帮了她的忙。我不知道她是怎么做到的，是如何完成了这样一件事情，不过，借助我事无巨细的描述，她跑遍了整座城市寻找每一件我在纸上写下名称和描述的财物。借助这些描述，她为每一件都找到了尽可能相像的物品。她把这些东西都带了来，安置下来，每一件每一样，都放在了我口中它们应该在的位置，将洗劫一空的房间重新填满。她设法越过了锁的阻挠，偷偷摸进了房间，将我的每一样东西都填补了回去。一幅午餐吧台的配框照片，画面往右下角无休无止地延伸，照片里有一百个凳子，或者还不止，每隔一些椅子就有一个穿着整齐、戴着白帽子的冷饮售货员。一幅中国风的老鼠小画。一支小号旧钢笔和一本笔记本，笔记本的装订侧不但刚好能塞进钢笔，里面居然还稳稳地放着一小瓶墨水。一把裹在布里、布外面系着系带的西班牙大折刀，挂在钉子上。一副度数超级高的眼镜，可以当放大镜用。一个空鸟笼，里面搁着一个骨哨。一台坏了的小曲柄留声机和两张碎了的唱片。一套挂在墙上的衣服，有精美的镶边，是给孩子穿的。一幅马其诺防线地图。一个挂在挂钩上的帆布包，里面全是坏掉的象牙琴键。一个威尼斯公鸡面具。一个挂在窗户上的老式手提式扩音器，一半漆成红色一半漆成绿色，绿色那边印着白色的数字71。我在一家古董店工作了很久，自己也积累起了一份小小的收藏，一份小而精致的收藏。她设法找遍了整座城市，或许还找人去了别的城市，谁知道呢，最后为我拥有过的每一件东西都找到了一件相仿之物。此外她还多留了一件东西：桌子上，她把所有的纸条都放进了一个高高的玻璃罐里，她在罐子上留了个条：亲爱的，我们把每一件想象出来的东西都换成真的吧。她甚至不用待在那儿，好看到我高兴的样子，她在她父母家。我立刻赶了过去，但她没有承认。她悄悄地笑了，然后说，肯定是别人干的。你还有别的情人吗？

磨坊基本上已经荒废了。我们把车停在路边，穿过了一片长着蓟类植物和杂草的野草地才走到那儿。走到时我停在门槛前，但她却径直走了进去。她从一个坍塌的房间走到另一个，心情急切，痴迷于探险的力量。我跟了上去，在衰败破烂的房间里寻找着她。虽然在许多地方，一间这样的旧磨坊可能早就沦为了聚众喝酒的地方，早就遭到恣意的破坏，但这一间却因为远离尘世而保持了其原有的面貌——一间主人弃之不顾或者死在里面的磨坊，一间承载着时间的重量的磨坊。嵌在窗户上的玻璃已经旧了，底部比其他部分更厚，脱落的磨坊水轮一部分倒在水里。我们是过去的我们的残骸，又是未来的终结的过去，我想到。紧接着我就听到她的笑声隔着墙壁传来，于是我感到一阵——轻松。如此多愁善感，我可不就是个傻瓜嘛。身处一间被遗弃的磨坊，我用最不足挂齿的方式人格化了这座建筑。我的思维实在是太狭隘了，我想到。站在这间磨坊里，我感到的仅仅是对自己将要到来的死亡的悲戚，但这死亡其实还有半个世纪之遥，远到甚至无法感知，而她，却生气勃勃。站在这座磨坊里，她感到的是世界能有多欢愉，这世上的一间磨坊能有多欢愉，并且，它们理所应当就应该是这样的——世界，磨坊，还有站在磨坊中的她，和一墙之隔的我。我往我以为她在的地方走去，但似乎搞错了。她不在那儿，而是在屋顶上，其实是在我头顶上。她一直在看着我。我也爬了上去，我们坐在磨坊上面。而在磨坊里面，我们每到一处都让磨坊的状况更趋恶化，

我们让它变得比我们来时更加的颓败。我那么告诉了她，而她说，不过，现在它有了朋友，或者至少是相识吧。如果没有我们，那它就只能看着公路度过今晚了。然后她又哈哈大笑起来，这简直是件无头公案，一座又破又老的磨坊能有什么用。我们安静了一会儿。我能看出来她突然有些手足无措。她觉得头晕，一屁股坐到了地上，我这么告诉谈话师。我该说她跌倒在地上，但实际上又没那么快。你还好吗？我们该回去了，现在，她对我说。我突然连站都站不住了。已经是夜晚了。刚才还是大白天呢，一下子就晚上了。天也没那么黑，我说。走吧。我们穿过野草地返回，之前去磨坊的时候她是蹦蹦跳跳地穿梭在那高高的草丛间的，但现在，她如负重轭。我把她抱上车，然后也上车坐到她身边。在车里，她恢复了一点气力，她手脚摊开躺在这辆我们度过了这么多美好时光的车里。我曾经想过，她对我说，要成为一名跳水运动员。我姨妈，也就是我妈妈的姊妹，在她十六岁的时候做了一次环球旅行。在墨西哥，她从山崖上纵身一跃，然后死了。她参加了一个团，和别人一起——另外九个十六岁大的孩子，都是我妈妈老家的人。他们都跳了，导游也跳了。大家都认为很安全，其他人都活了下来，除了她。他们在水里找到她，摔断了脖子。我父亲告诉我这个故事的时候我还很小，拉娜这么说道。我翻过旧照片，找到了一张她的照片，就在山崖上，穿着泳衣。照片是在出事前一会儿拍的，是在其中一个孩子的相机里找到的。从照片里看起来，我觉得她会成为一个厉害的跳水运动员。其他孩子要么像根瘦竹竿，要么像个矮冬瓜，身材比例很差。她却像只天鹅，不多不少，恰到好处——十六岁的她艳压群芳，实在了不起。看到这张照片的时候，我觉得她拥有着这个词能够表达的一切，跳水运动员。可是，我父亲对我说，拉娜这么告诉我，跳下那座山崖让她丧了命。我也想做个跳水运动员。我那么告诉他。我站在那儿，一个孩子，看着已经死去的我父亲的小姨子，也是他自己的表亲的照片，她的死让我父亲难过了几十年，而在他告诉我这个悲剧的时候，我却说，我也想做个跳水运动员。那就是我小时候的样子。我想让你知道，拉娜告诉我，我这么告诉谈话师。她坐在那儿，明艳动人，在这辆快报废的老坦克里。我们停在山间，一间磨坊临河而建的地方，一个河快干了、磨坊完全倒了的地方。这个曾经也有人烟的地方已经变得杂草蔓生。她和我，这个美妙的女孩，拉娜，和我，在那儿进行了一次冒险，她累坏了，累到筋疲力尽，而现在，她，美得不可方物，复仇心切般地容光焕发，把膝盖蜷到胸口，坐在车里，向我讲述着她的童年偶像，和她那时的冒失行径。我觉得，我告诉她，你本会成为一个跳水好手的。

第六天的时候我醒过来。前一天晚上，我们讨论了一下是不是要快点回去，是不是要继续旅行。我问她怎么想，她没怎么说话——只说了，你决定就好。我还没准备好，她或许本可以这样说。等我身体好点的时候，或者诸如此类的。我有点担心，我想。我认为，我告诉谈话师，那天晚上睡觉的时候，我对继续待在那儿有点顾虑。我突然想到她并不是受到了高海拔的影响，在山里长大的她，是不会受到海拔影响的。就在我渐渐入睡的时候，我告诉他，我越想越觉得她不是受到了海拔的影响，而是病得很重，她一直都病着——从我认识她起，我却莫名其妙地从来没有发现。但是，现在想这些是很容易——相信我曾经那样想过，但实际上，我很可能根本没那么想过，而是，就像经常发生的那样，我差点儿就想到了，但其实并没有统统想到。无论如何，无论本可以如何，那天早上我在床上醒来，从那张床上可以俯瞰着小溪穿过峡谷落下，她专门为我们挑了这张床睡觉，我翻过身，拽了拽她，我对她说了话。这件不可思议的可怕的事突然之间变得彻底、极度的真实：我醒过来的时候发现，她死在了夜里，夜里的某个时候，而我还在继续睡着，对此一无所知。

这样的事情怎么可能发生——这件可怕的事，她的生命正在消逝而我还在继续安睡，浑然无觉，没有醒来，这让我感到了转瞬即逝的希望。这不可能是真的，如果这不是真的，那么或许她还活着。但她并没有活着。我想到我们晚上睡觉和她去世时的情况，或许她甚至还曾试图叫醒我。她一定这样做过。她的感觉那么敏锐，很可能，她很可能已经感觉到了自己的死正在临近，她试图叫醒我好在我的耳边

说上几句临终遗言，而我，没有醒来，没有允诺她最后的遗愿，而是继续睡着，愚昧、茫然地继续睡着，我这么告诉谈话师。他又递给我一块布，他给我的时候，我们的手碰到了一下，他用另一只手按了按我的胳膊。她当时不觉得，我当时想，我告诉他，自己快死了。但现在，我相信，我对谈话师说，她一直以来都知道，只是因为想让我们度过尽可能多的快乐时光才没有告诉我。如果我们最后的日子都耗在哭哭啼啼、吵吵闹闹上——那这些日子就只会变得模糊不清，会互相混淆在一起。她表现得更强大，她的力量体现在：她决计不告诉我，她确实也没有告诉我，我们反而还计划着我们永远不会过上的生活。她躺在床上，蜷曲着身子靠着我，一条腿还绕在我的一条腿上——这番景象让我心痛。她死前显然紧紧依附着我，尽可能地让她的身体贴近我的身体。而我却在睡觉，睡得毫无知觉。我在那儿躺了好几个小时，一动不动，甚至害怕自己有半点动弹，我还觉得我希望自己动弹不得。但是，我最后还是起了床。我把她的身体摆直，把她的双手交叉着摆在身上。我合上了她的眼睛，用一条毯子盖住她部分的腿。然后我感觉很奇怪，于是又把毯子拉了下来。我看着她，她还穿着她的睡衣，我哭了起来，不知道接下去要干什么。于是，我为她换了衣服，我能为她穿上的衣服，然后再去打电话通知她的父母。虽然我不想那么做，但我还是做了，我告诉谈话师。我打给她父母，是她母亲接的电话。她听出是我的声音，她说的第一句话，听上去快崩溃了，是，你在哪儿。我说，我有事要告诉你们。她说，什么都不要告诉我。你在哪儿，别的什么都不要说。我告诉了她，然后她就挂了电话。她的父母和其他一些人当天就赶到了，他们肯定一连开了十四个小时的车，然后他们带走了她。他们把我捎回了城，实际上是把我丢在了郊区。他们不想送我进城。有一种气氛，我渐渐体会出来，就是我是罪魁祸首。没有人说，她本来可以再多活一段日子，但我知道他们觉得，他们每一个，我不配一人独占她生命中的最后一周。他们从来都不明白她为什么要和我在一起。他们完全理解，为什么她和我在一起可以这么自在——因为我不知道她快死了，无它。但为什么偏偏是我，这让他们百思不得其解。我仅仅是因为我的不知情才显得特别，那是她在我身上看到的东西，他们这么认为。她父亲对我说，请下车，然后就靠边停了下来。我下了车，然后车就一溜烟地开走了。他们停车的时间能有多短就有多短，然后便一溜烟地开走了车。我坐在车的后座，在自己的思绪里不可自拔，紧接着我又看着车子扬长而去。在车里，车子开着的时候，我注意到她的父母讲话时带着山里的口音。这种口音在我听来很明显，正如我最初见到他们的时候对此没有丝毫察觉。我们又一连开了十四个小时，带着她躺在棺材里的遗体。车子临时充当了灵车，我这么告诉谈话师，我听着他们说话，他们说了些关于她的治疗的事情。他们在车里非常平淡地互相表达了哀悼，就在车里，当着我的面。我的在场对他们而言有点困难，他们认为我无关紧要，这才克服了这个难关。无一例外地，一个人会先开始说点什么，对她的治疗或者最近几个月他们所做的决定表示惋惜，然后另一个，随便哪个还没说过话的人，会打断说，够了，说这些已经没用了。然后二十分钟或者一个小时过去，那同一个人，那个说说这些已经没用了的人，会再度打开话匣，但我觉得我们本可以送她去这家临终关怀医院，或者那个医生或许本来可以再做点什么……然后第一个说话的人会打断，说，没用了，说这些已经没用了。我自始至终觉得，虽然我坐在车里，虽然她在我正坐着的这辆车的后车厢里，我们正沿着山路驶回城里，我还是觉得，坚定而彻底地，觉得我正躺在那幢房子里的床上，而她正环绕着我。我觉得我比什么都强烈地希望那突如其来的感觉能把我淹没：她完完全全、永永远远地环绕着我的感觉。与此同时我可以看到，似乎是从空中看到，我安置她的那个房间，她躺着的地方，她交叉着双手，脸朝上看着天花板，直直地看着，直到看穿了天花板。我站在路边，某条我从没来过的路，在城市的外沿，然后我坐了下来。我甚至没走到路沿，只是坐在路上。我觉得疲惫，非常非常疲惫。

天黑下来的时候，我向家里走去，有人给我留了张字条。是她的母亲，字条上说他们将会举办葬礼。拉娜的葬礼已经定好了日子，字条上说是个非常小型的葬礼。会有人出席，但所谓非常小型的葬礼是说让我不要去。他们不欢迎我参加她的葬礼，我告诉谈话师。我不能自已地哭了起来，在谈话师面前，失声痛哭。他完全不吱声，只是看着我，然后他开了口。我不知道我们坐在那儿，从头到尾在那儿坐了多久，或者已经过去了多久。这是什么时候的事？他问道。那场葬礼，葬礼是什么时候办的？我们坐在这儿的这几个小时里，我说，葬礼正在进行。现在可能已经结束了。谈话师点点头，轻轻地说道，那么她办了两场葬礼，我想，其中一场就在这儿，就在你的讲述中。你讲了很久，相当于是为她办了一场葬礼，而我也出席了这场葬礼。我是见证者，某种见证者。我用他给我的布擦了擦脸，死气沉沉地坐在椅子里。他坐着，等着。最后我终于说，我不想再活了。然后，他从书桌里拿出一张纸，四周带着边框——一张非常正式的纸。他递给我一支笔。我没有读，只是在桌上看到纸的形状，他指给我该在哪儿签名，我就签了。我在纸上写下克莱门特·迈耶，然后他收走了纸。他将纸放进墙上的金属箱里，然后从书桌里拿出一个咖啡色的小盒子，他打

开盒子，拿出一张黄色的纸片，纸上的纹理很有质感。他把纸给我。他说，接下去会是这样。这些会被送到该送去的地方，纸上现在还没有你的名字，所以我们不会把这些送去。但我们要送去的纸长得和这些纸一模一样，唯一不同的是纸上会有你的名字。那些纸有着一样的重量，一样的颜色，一样的纹理。我拿着那张黄纸片，在指间感受着纸张的触感。他从书桌里又拿出一个盒子打开，他得先用钥匙打开这个抽屉。他这么做了，用一把串在细绳上的钥匙，他把细绳像手表一样挂在手腕上。他拿出盒子，把它放在书桌旁的一张短桌上。他在小桌子边单膝跪下，所有的动作都做得非常熟练。盒子里有个小瓶子，一个针筒，还有一条橡皮筋。他操作了一番，仔细地将它们准备好。他让我拉起袖管。于是我拉起了袖管。他停顿了一下。我有话要对你说，他说。最后关头我总是这么说。我认为这是种安慰，所以等到最后才说，谈话师说道。他跪下，手里拿着针，然后他说，创始人格勒布登曾经说过，每个人都想活着——每个人都想活得尽可能长久、尽可能闪亮。据报道他曾这么说过，这位伟人本人。人们常常会误解这句话。他不是真的在说“每个人都想活着”，你本人就知道这不是真的，而是在说理应如此。如果说动物有一件事情是胜过我们、把我们比下去的，那就是：它们都想活着。它们被各自赋予了生命，而它们全都想要生命。我们却不是。为什么？你的生活由房间组成，一系列的房间，谈话师这么说道，手搭在我的胳膊上——在每个房间里都很难记起在前一个房间里究竟是什么样的。你能记住你小时候发生的某些事情，但是，关于童年、关于做个孩子是什么样的记忆却已经遗失了。我们的世界是一连串难以承受的丧失，只有模模糊糊的记忆，模模糊糊的珍藏。村庄处理对之做出了改进。这么对你说吧，村庄处理也是一个世界，是对现有世界的改进。那是一幢房子、一系列的房子、一个许多房子组成的系统。人类的生存和人类本质中最重要的东西被归结到了其根本，并不断重演直到比例协调为止。在这些地方，你会渐渐好转。这点我可以向你保证。那里会有爱你的人，也会有欺骗你的人。会有为了你的利益而斗争的人，也有你永远不会认识的人。所有这些从很久以前就开始了，不过只是到了现在，最后终于，你也要加入进去。你可以这么想象——那里有全心全意帮助你的人，只帮助你一个人，只是到了现在你才要加入进去。

来吧，现在，请把椅子倾斜到这个角度。我把椅子挪了过去。你的手臂，现在。他把橡皮筋绑在我的二头肌上。他将液体抽进针管，把针抵在我的胳膊上。我等待着针的刺入，等待着，但我什么都没有感觉到。好了，谈话师说。他解开橡皮筋，扶我站起来。两个男人，两个护理员，走进了房间。我有点头晕。他向他们点点头，他们一边一个架起我，扶着我走路。我们进到厅里，迈着沉重的步子走过门廊。我的双脚在我身下，感觉很奇怪。我感觉像是用侧脚掌站着。我能在脚踝处感觉到身体的重量，但其他部位却感觉不到。我坐了那么久，而现在我站着，站在办公室外面。走廊很长，长得没有尽头，而我看不见走廊通往何处，它的尽头。尽头一片漆黑。那条我来的时候走的路，那里有灯吗？进入大楼的地方一定是有灯的。我再也想不起哪个方向是哪个。我们走着的这条路，我什么都认不出来。护理员一定认识路，我想。他们自信地走着，稳稳当当，一边一个，扶着我，他们用有力的双手抓着我，走路的时候将我抬起，沿着走廊走去，走啊走，走啊走，渐渐地走进了黑暗。

火车在开

火车在开，轨道像一条穿越荒地的黑线。火车哐啷哐啷地，费力地行驶在轨道上，轮子不时地发出嘶鸣，仿佛受到了鞭打。大半列火车都空着。

检查员2387每走过一个隔间就透过窗户望去。她走过一节又一节车厢。一个又一个空隔间，车上几乎没有人。但是，她接到的指示说……

她拿着个小巧秀气的亮黄色皮包，头发用一条围巾绑着。手上戴着副沙漠色的薄手套。鞋子搭配得当，长袜是浅蓝色。她就像是闯进黑白电影中的一抹彩色。

一个隔间，又一个隔间，再一个。又一节车厢，又一个隔间，再一个。一名行李搬运工站着看着她。他上下打量着她，微微地笑着。她没有笑，只是仔细地端详着他的脸。

他向狭窄的通道一指——继续往前。她走进他指给她的那扇门，回头望了望。他点点头。她隔着玻璃看进去，轻轻敲了敲门，里面有人惊叫了一下。

隔间门转开的时候，话才说出了口。

年纪大点的那个女人是怎么说的？她说，

——哎呀，希尔达，希尔达。见到你真高兴。

或者，

——哎呀，希尔达，希望你一切都好。

火车这么哐啷哐啷的，很难听清她说了什么。

年轻点的女人回答道，

——没错，埃玛，没错。我，

检查员2387在年纪大点的检查员对面坐下，她忘了她的编号。

——我，他们对我说你指名要我，我想谢谢你。
——我会叫你希尔达，检查员说。你可以叫我埃玛·莫兰，就像过去那样。下一个镇子里用的名字会不一样，不过那个回头再说。

她们坐着，互相看着彼此，年轻的那个耐心地等着年长的那个继续往下说，年长的那个好奇地看着年轻的那个，仿佛想弄明白是谁坐在那儿，刚好在那儿，在她对面的座位。

——希尔达，她说。帮我个忙。请告诉我你走的那个晚上，你们在房子外面的对话。

希尔达闭上了一会儿眼睛。她挺直了肩膀，将头微微地转向一侧。

——马丁！我看上去很不一样，是不是？我能从你的眼神里看出来。你以为你要见的人就跟希尔达一样，你认识的那个希尔达。然后现在是另外一个人站在街上看着你。她大晚上的溜出家门偷偷来见你，你却不知道为什么。现在你连这人是谁都不知道了，但你忍不住不看她。

希尔达摇摇头，

——不，不对，那是我们第一次单独见面的时候。对不起，搞混了。

她想了一会儿。

埃玛微笑着看着她。

——好了，好了，我想起来了。

——他们带走了我，他们带走了我，亲爱的。哦。我等你等了好久好久，你没来，然后我就回家了，马丁在家里，他很生气——他生气极了……

她换了个声音。

——然后他说，

她的音色变得有点低沉，有点像申请人的声音。

——带走了你？谁？

——我醒过来的时候好像是在什么货车的后车厢里。他们把我连床一起搬走了。我躺在床上，车子不知道为什么停了下来。我跳下后车厢藏了起来，货车开走了，但我不在车里。

——然后他问我是怎么找到路的，于是我说，

——那儿什么都没有，只有路而已，只有一条路。所以我就沿着货车开过来的方向走。走到镇子附近的时候，荒地渐渐消失，绿地渐渐出现。然后是树和草，然后就看到了镇子。我可以带你去看，我不知道我们是不是有时间。

年长的检查员大笑着拍起手来。

——非常好，非常好。你在42395D这个案子里的表现真是太精彩了，堪称完美。我非常感动，我可以告诉你，完全以假乱真。你知道我是从哪儿过来的吗？我刚从局里回来，我在那儿向他们汇报了这个案子。你对希尔达这个角色的流畅演绎，嗯，就像我刚才说的，非常精彩。局里有人对你的精彩爆发有另外的解读。他们认为那是一种天赋的迸发。你可能还记得，你一开始是作为申请人来到我们这儿的，然后有一天，你被选为了检查员。现在，成功演绎了这个角色后，你可以继续前进了。祝贺你。不过，我还没有告诉专家小组，我真实的想法。为什么呢？因为那是属于你的，只说给你一个人听的。

火车哐啷哐啷地，晃悠着开过了在好几条小溪上支撑着轨道的地桩。他们正驶入一片类似沼泽的地方。隔间里鸦雀无声，窗外则是火车时高时低的喧哗、虫鸣以及风声。一只鸟在长得歪歪扭扭的蕨类植

物上鸣啭，鸟鸣声深深地打动了希尔达，她在座位上动了动。

——埃玛，你指什么？

年长的检查员听上去像是睡了很长的一觉后刚刚醒来。

——我们都在那儿，我和你一起，我们两个检查员，和一个处境超级艰难的男人打着交道。我觉得你可能是在演戏，可能是个演员，在这个案子里，那个叫马丁·鲁格的男人对你来说可能什么都不是。有可能是这样，当然是可能的。实际上，那，那是你唯一的职责。但我认为并不是那么回事。

她的手指划过窗户的木质窗框。

——有些人已经忘了，你知道吗——他们忘了年轻是怎么回事，忘了强烈而深刻的感受是怎么回事。对于生活，你是不是也忘了这么多，嗯，我并不知道。

她转向那个年轻女人，拉起她的手。她似乎在权衡着什么。一分钟过去了，然后又一分钟。走廊里传来人的动静，越来越近，然后又远了，经过后，又越来越远。

——你认为是怎么回事？

——我认为，希尔达，你能这么投入这个角色是因为你是真的爱他。我认为你是真的想帮他逃跑，不顾你的工作，不顾你在他的案子里身为检查员的角色，不顾一切。你心里有些什么，希尔达，想要爆发出来摧毁这个世界。你是那种人，我想，那种往杯子里倒水的时候会把水灌得溢出杯子、会把罐子里的水全部灌到桌上的人，如果没有人有所察觉，对你说，够了，够了，希尔达，如果没有人说话，像你这样的人就会把水罐倒空。这是我的感觉。

她们静静地坐了一会儿。

——我不是在批评你，她继续说道。完全不是。其实，在某些方面，我也是这样的。不过，如果真是这样，这确实让我们面临着一个怪有趣的状况。正是因为这样我才指名要调你过来，让你重新回到这个案子，马丁·鲁格的案子。我刚把他转移到了另一个镇子，他有了一个新的身份，他现在叫亨利·考尔。他正在安顿下来，终于安顿了下来。要不了多久，他就能彻底安定下来了。我想知道，检查员2387，你完美地伪装成了希尔达，我想知道——你愿意和他一起吗？

年轻女人挑了挑眉毛。

检查员咳嗽了一下。

——我想我那样问有点狡猾。当然，你被授予了这项任务，你有你收到的指示。你现在就在这列开往村子的火车上，你当然会那么做。但是，至于怎么做，却有两种方式。那是我给你的提议的关键。两种方式。

——我可以告诉你，我可以告诉你我当时的感受，然后，

——什么都不要说，年长的女人说道。听到你的选择我就会知道。耐

心点，世界并不是那个别人让我们去生活的地方，世界与之迥然不同。我们实际拥有的选择比我们应该拥有的选择可能更多，也可能更少。我会给你讲个故事，是关于我以前看过的一部戏剧，或许那能阐明一些事情。

我曾经看过的一部戏；又名，洋葱刀

有一次，我在一个已经不复存在的城市里看过一部戏。那是我出生的城市，在战争中完全毁了。单单一枚炸弹就炸毁了每一幢房屋的每一块砖瓦，那里现在还有爆炸留下的大坑。我可不是在开玩笑。有个观看的平台，一条凑合的木板道。你坐火车去一个旅馆小镇——木板道的起点坐落着一些旅馆。然后，你沿着这个木板码头往前走，就能走到大坑上面。木板道一直通往中心地带，有点远——或许要走六七个小时，所以大部分人会骑自行车。在最中心的地方有个卖饮料和三明治的小商店。你可以坐在那儿俯瞰大坑。其实根本没什么好看的，城市显然已经荡然无存了。实际上，我去的时候，感觉和看大峡谷时的感受相似。那时我想，哎呀，世界不知道会变成什么样。那里遭到的破坏实在是太冷酷无情了，以至于让人觉得那仿佛是人类的一件大工程。怎么不是呢，一千三百万人死在了那颗炸弹下。

无论如何，我曾在那座城市里生活过，在经过法院的其中一条老街上，有一座剧院，叫作"夜壶"。我经常去那里看戏。那时我还年轻，实际上，就跟你差不多大。我很喜欢看戏，我觉得戏剧中蕴含着能改变世界的力量。在这样的心情下，我和一个年轻男人去看了《洋葱刀》，一部新戏。

剧院很小，有三排座位——或许可以坐二十个人。有个小小的舞台，大概客厅大小。演员们在剧院前门收钱——有个小窗口，然后给你一张写着一个字的纸。每张纸上的字都和他们里面的某张纸上的字匹配——而且只用一次就作废，这样你就没法耍花招了，把你纸上的字写在其他纸上，好让更多人进场。再说，你也不会想这么做，因为票价很便宜，几乎等于不花钱。

我们买了一些白兰地装在一个金属小水壶里，在第一排的最边上坐了下来。我那时有一件皮草大衣，为此感觉非常自豪。我常常都不愿意把它脱下来,会在不可思议的环境里穿着它,只是为了被人看到。我在一家商店里以非常便宜的价格买到了这件大衣，因为里面有个洞，穿着它的人挨了枪子儿。这家旧货店显然会从警察局那里拿衣服——那些没用了的证物。没错，有人穿着我的皮草大衣挨了枪子儿，但我还是穿着它。我以前就是这样的女孩儿。

灯光暗了下来。一个男人走到挡着舞台的屏风前，他穿着衬衫、背心和羊毛长裤。他举起一张卡片，卡片上写着“塞西儿”。然后他非常慎重地将屏风移开，让观众看到了一个小厨房和一张小餐桌。一个年轻女人坐在餐桌边。她拿着一张纸板，上面写着“莉莉”。一个蜂鸣器响了起来，两张纸板都掉在了地上。

塞西尔

等你丈夫回来，我发誓我要……

莉莉

他不会回来的。

她举起一封信。

他说他在佩鲁齐纳找到了新生活，
他要永远待在那里。

莉莉和塞西尔在房间里快乐地跳起了舞，有人在台下拉小提琴。

塞西尔

那我应该娶你，我们会永远幸福地在一起。

莉莉

可是……

塞西尔

可是什么。

莉莉

可是，还有洋葱刀的问题。

两人分开，距离彼此几厘米远站着。

塞西尔

哦，这该死的洋葱刀，洋葱刀。你为什么总是不肯放过这个话题？我给你的东西还不够多吗？我为你做的事还不够多吗？但你却只想着那把——洋葱刀，洋葱刀。你就像精神病院里流着口水的疯子，在三月的早晨坐在冰冷的窗玻璃边，脸颊贴着玻璃，嘟囔着洋葱刀，洋葱刀，洋葱刀。

莉莉

你弄丢了洋葱刀。我告诉过你，永远别碰洋葱刀，但你不仅碰了，还弄丢了。

塞西尔

我带着它去上班了。那天你给我带了午饭：一小块奶酪，一块不新鲜的面包，还有一小个洋葱。我看到午餐里有个洋葱，于是就随身带了洋葱刀。

莉莉

然后你没有带回来。

灯光

没有出场过的第三个人带着一张纸登场，纸上写着：

第二天

莉莉从剧院的前门进来。她走到挡着布景的屏风前，拿出一张纸，用一枚长钉将纸钉在屏风上。她又往前走了点，一遍一遍地重复着刚才的动作。观众看不到纸上写着什么。她走到屏风后面。

五分钟过去了。

剧院的前门打开，塞西尔入场。他走到舞台上，沿着屏风走，停下。他惊恐地盯着那张纸。他一把扯下纸，他向前跑着扯下所有的纸。他转向观众，脸上挂着泪水。他平静下来，小心地移开屏风，厨房再度出现在观众面前。莉莉坐在餐桌边，快乐地阅读着。

塞西尔

莉莉？你疯了吗？

塞西尔跑向她，挥着手中的纸。

莉莉

没你疯。

塞西尔

（几乎是在啜泣，读着纸上的字）

莉莉·考德温丢了她的洋葱刀，

刀柄上嵌着一个衬线体的“G”。

刀已经旧了，但仍异常锋利。

请将刀归还到韦尔顿路3号换取回报。

回报是：莉莉·考德温会和你一起睡。

莉莉

我想洋葱刀很快就会出现的，你觉得呢？

塞西尔

莉莉，你怎么可以这样？你不会那么做的，对不对？

莉莉

把刀找回来。

塞西尔

我爱你，莉莉。你不能这么做。我弄丢了刀，但那把刀不应该那么地……

莉莉

找回来。

没有出场过的第三个人带着一张纸登场，纸上写着：

第二天

塞西尔不想去上班，但他必须得去。

莉莉一个人在家。

剧院的前门上响起了一记敲门声，然后又是一记，又一记。

莉莉

（从屏风后面）

谁能开下门吗？

一位观众站起来开了门。门外是个老男人，可能有五十岁，有点胖。他走进来，看着观众，有点像在赔不是。他清楚地看到观众，向他们鞠躬。他拿着一把洋葱刀，高高举起，仿佛是在解释。他走上舞台，敲了敲屏风。

莉莉

请进。

男人将屏风移开，厨房的布景出现在观众面前。餐桌被推到了一边，地上放着张床垫。观众坐在舞台正前方，所以床垫就在他们眼皮底下。莉莉躺在床垫上。她站起来。

你有洋葱刀吗？

男人给她看洋葱刀。她快乐地跳起来，来来回回地四处奔跑，十分高兴。她突然环抱住男人，然后又跑开，将洋葱刀放到挂在墙上的木刀架里，在那儿欣赏着刀。

男人

那么关于……

莉莉

哦，是的。

她来到舞台前方，替男人脱下外套，然后放到桌上。她替他脱下背心、衬衫。他在床垫上坐下。她脱下他左脚的鞋，右脚的鞋。她脱去他的袜子和裤子。她把所有衣物放在桌子上，然后她来到舞台前方。

莉莉

（带着巨大的喜悦）

洋葱刀！

她慢慢地解开连衣裙的扣子，脱下了裙子，放到脚边。她脱下身上的纯白色内衣，也同样放到脚边。她赤裸着身体，着了魔般的快乐。

洋葱刀！

她从观众转向男人，和他在床垫上一起躺下，兑现了她的诺言。观众有的留下观看有的离开，随他们自己的意。戏到此结束。

——我认识那个女孩子，埃玛说。当然，我后来和她谈起了这出戏。那个老男人其实是她的爱人——在真实的生活里。他也是这部戏的导演，女孩既是剧本作者，也是女主角。戏里的丈夫只是一个他们找来的演员。他们当众做爱的做法，现在听起来可能很震撼，但在当时，其革命性要胜过色情感。那是对身体的重新找回。

她们在静默中坐了一分钟。

——我总是觉得，埃玛说，人们对结果有所误解。任何事情都确实可以成为其他事情的结果。那是我们人类的天赋。所以，有人掉了一把削皮刀，嗯，会发生什么又该由谁说了算呢?

希尔达笑了起来，埃玛也笑了。她们一起大笑着。

——当时，埃玛说，我觉得那很滑稽，但我同时也觉得严肃。而现在，我仅仅觉得滑稽。好了，我关于结果的故事就说到这儿了。

她深深地叹了口气。

——现在我要给你一个选择，亲爱的。

老女人走到厅里，她回来的时候，手上拿着个小皮箱。

她坐了下来。

——希尔达，她说，有很多话说，时间却太少。马丁·鲁格有了新的名字，他现在叫亨利，亨利·考尔。他是名学者，那是他现在的身份。他住在B73区，我们正在前往的那一区。我很遗憾地告诉你，你认识他后他又经历了一次雾化。他失去了生活的基本能力。你接受过我们的培训，所以你该知道婚姻任务的具体内容是什么。你该知道一名优秀的检查员，假扮一个角色，可能会这样参与到一种生活里，充当一个精神有点恍惚的人的监护人。你知道我们已经安排了你来见亨利，与他重逢，如果一切顺利，你们俩就会共同生活。你将成为亨利永恒的监护人，因为我很快就要走了。

——亨利爱你，他是真的爱你。我也相信你，嗯，我已经说过我的看法了。对你来说，就你的意向而言，做他的监护人：你显然是可以胜任这项任务的，而且能够做得很好。但你能过得开心吗？之前你认识他的时候，你们两个是平等的。你可以说话，他可以回话。或许他有点迷糊——但他所具备的信息也不是很全。现在，嗯，正如你将会看到的，他有了改变。

——其中一个选择，你可以做的选择，是现在到达这座小镇，你还是你。你的名字是南希，你要假装不记得你曾经是希尔达，你要假装你不知道你曾经遇到过马丁·鲁格，当然，你会将亨利·考尔当作一个全新的人来对待——一个你会表现出爱意的人。你会获得他的好感，成为他的监护人。火车正在驶向镇子。这就是你即将过上的生活，其中有些虚假的成分。

——不过，你还有另外一个选择。如果你真的曾经爱过他，真的对他有过什么，那么或许这种感觉仍然存在。或许你想再次获得一个机会，一个新的机会。我给你的选择是：如果你同意，我会为你注射。

老女人打开皮箱，里面有一支注射器，一枚注射针和一小瓶清澈的液体。

——你醒来的时候就只是南希，不是检查员，也不是希尔达，不是别的什么人，就只是南希。我会带你进入小镇，你会在一幢独立的房子里恢复。当你做好了准备，就会被带到我们家。你会和亨利重聚，你们两个会一起过上新的生活，无忧无虑的生活。

年轻女人盯着注射针，好像她从没见过这样的东西。她摸到盒子，盖上了它。眼泪滚下她的脸颊。

——不，她说。我做不到，我做不到。

她将头埋进手里，啜泣着。

老检查员站起来，走向门口，盒子夹在腋下。她拉开门，走进了过道。

——哦，等等，等等，回来，年轻女人哭喊道。请回来。我想我，我想……

她嗓子冒烟，恐慌极了，她的眼睛在简陋的火车隔间里无助地四处游走。她退缩了，但然后又抬头看着站定在门口的老女人。火车就快进站了，她们马上就要到达终点。

——我想，我……

老女人的神情松弛下来，她站直了一点，用一种陌生的嗓音开口说道：

——希尔达，她说，亲爱的，你病得非常重，差点儿就死了。

希尔达呜咽着。

——希尔达，看着我。

她抬起希尔达的下巴。

——你曾在死亡的边缘，但你得救了。你得救了。

老女人摇摇头，悲伤地笑了笑。火车停了下来，她们之前还在空无一人的荒野，而现在，而现在……

火车外，人声鼎沸，大家互相呼唤着。一个充满了声音的村子，男人的、女人的，像是在用人类的语言叫喊。

但另一个声音越来越近，越来越近，说着，你如何选择。快点吧，快点，你如何选择。

完

致 谢

感谢：

J. 杰克逊（J.Jackson）及众神图书的全体职员

B. 斯威伦（S.Sweren）及库恩项目（Kuhn Projects）的全体职员

博亚艺斯集团（Poyais Group）

神味咖啡（Godshot），好运咖啡英雄（Bonanza Coffee Heroes）及巧克力回廊（Schokogalerie）